R & L

Kari Köster-Lösche

Stille Nacht, eisige Nacht

Als Nis Puk
das Weihnachtsfest rettete

Rütten & Loening
Berlin

ISBN 3-352-00589-3

1. Auflage 2002

Einbandgestaltung Andreas Petzold, PEIX
Druck und Binden GGP Media GmbH, Pößneck
Printed in Germany

www.ruetten-und-loening.de

Kapitel 1

»Schon wieder Porrenfrikadellen!« bemerkte der zwölfjährige Bandik so kritisch, daß sein Vater sofort ausholte. Er entging der Ohrfeige nur mit Mühe und Not.

Sönke Bonken, Bauer auf der Hallig Langeneß und als Fennemacher des vergangenen Sommers eine Respektsperson, die sich nicht so leicht provozieren ließ, nahm die Gabel wieder auf, die er im Zorn hatte fallenlassen. »Euch fehlt die Schule, ihr wärt sonst nicht so außer Rand und Band! Ich kann mich, verdammt noch mal, nicht erinnern, daß ich jemals in meinem Leben seit November so viele Stürme und so viel Landunter erlebt habe. Aber das gibt dir noch lange kein Recht, am Essen herumzumäkeln!«

»Nicht fluchen, Sönke«, bat Heinke, seine Frau, leise.

Bandik blinzelte seiner kleinen Schwester Anke überlegen zu, und Mutter Heinke verkniff sich ein mitfühlendes Lächeln. Ihnen allen, Sönke eingeschlossen, drückte es auf das Gemüt, wochenlang auf einer Warf eingesperrt zu sein; je öfter die Stürme kamen, desto mehr geriet in Vergessenheit, daß es dazwischen immer einige Tage ruhig gewesen, das Wasser vom Halligland abgelaufen war, die Kinder zur Kirchwarf in die Schule gegangen waren und sie alle am Sonntag den Gottesdienst besucht hatten.

»Mutter, warum gibt es denn heute schon wieder Porren?« erkundigte sich Anke in einem unschuldigen Ton, dem man die Antwort nicht verweigern konnte.

»Wir müssen umsichtig wirtschaften, Anke«, antwortete Heinke ruhig. »Wenn der Herr im Himmel kein Einsehen hat, könnte es sein, daß die Vorräte nicht bis zum Frühjahr reichen ... Und was nützt es, wenn wir etwas haben und die Nachbarn nicht. Die vergangenen Wochen waren eine Katastrophe für alle.«

»Oh«, sagte Anke betroffen.

»Daß wir die letzte Einkaufsfahrt nach Wyk nicht mehr unternehmen konnten, macht sich allmählich bemerkbar. Deshalb sparen wir an den Vorräten, wann immer es geht. Wir wollen doch auch für das Weihnachtsfest backen, nicht wahr?«

»O ja!« Ankes Augen glänzten in Vorfreude.

»Wenn der Abendhimmel sich rötet, backen auch die Engel«, fügte Heinke hinzu.

Beinahe ohne es zu bemerken, aß Anke die Frikadellen aus eingesalzenen Krabben auf, die es in dieser Woche nun schon das dritte Mal gab.

Sönke, der mit gerunzelter Stirn ins Wetter gespäht hatte, obwohl aus dem Küchenfenster nur zu sehen war, wie sich die Holunderbüsche am Fething im Inneren der Warf im Sturm bogen, beendete kurzerhand die Mahlzeit und stand auf.

»Gehst du schon?« fragte Heinke betroffen.

»Ich will feststellen, ob die Engel schon backen«, knurrte Sönke als Antwort. Heinke hörte seine Holzschuhe auf dem Katzenkopfpflaster der Diele scharren, und kurz danach schlug die Außentür mit lautem Knall zu.

»Was hat Vater denn?« Bandik sah seine Mutter mit hochgezogenen Augenbrauen an.

Heinke betrachtete ihren Ältesten prüfend. Seine hellblonden Haare waren so lockig, wie er sie schon als Kleinkind gehabt hatte, aber der besorgte Ausdruck seiner Augen sprach dafür, daß es keine Neugier war, die ihn derart hartnäckig fragen ließ. Er hatte begriffen, daß dieser Frühwinter Anlaß zur Beunruhigung gab, wenngleich es ihn am wenigsten störte, daß die Schule so oft ausfiel.

»Ist es wegen des Futters für das Vieh?«

»Auch«, sagte Heinke zögernd. »Es hängt alles mit der endlosen Kette von Stürmen zusammen. Dein Vater hat, wie fast alle Halligleute, im November mehrere Rinder verkaufen müssen, was er ja gar nicht vorgehabt hatte. Aber das Heu hätte nicht für alle gereicht, nachdem sie wegen der vielen Landunter so früh aufgestallt werden mußten, deshalb ging es nicht anders.«

»Und die Kerle vom Festland haben wohl nicht bezahlt?« Bandik stieß empört seinen Gabelgriff auf die Tischplatte.

»Doch, natürlich werden sie bezahlen. Die Viehhändler sind hart, aber nicht mehr als sonst auch. Man kann ihnen keinen Vorwurf machen, wenn sie die Situation ausnutzen und bei einer Rinderschwemme die Preise drücken.«

»Vater kann also im Frühjahr nicht so viele Starken kaufen, wie er jetzt Kühe hat abgeben müssen«, schloß Bandik vernünftig.

»Ja, wir haben eine Menge Geld verloren«, seufzte Heinke und fühlte sich fast erleichtert, ihren Kindern nicht ständig Heiterkeit vorspielen zu müssen. »Aber vielleicht wird alles nicht so schlimm, wie es jetzt aussieht, und erst einmal freuen wir uns auf Weihnachten und die *Zeit der Zwölften*.«

»Und auf Knecht Ruprecht«, ergänzte Anke. »Was er wohl bringt? Ich hätte gerne zwei Apfelsinen für mich allein. Ich will sie mit niemandem teilen! Bandik kann sich ja selber welche wünschen. Glaubst du, daß ich Apfelsinen bekomme, Mutter?«

»Ich könnte es mir vorstellen«, antwortete Heinke

ausweichend und floh mit Tellern und Gabeln in die Diele, wo sie das Geschirr abwaschen würde. So entgingen den Kindern die Tränen, die ihr die Wangen herab rollten. Sie stellte sich im Gegenteil weder Apfelsinen noch ein Buch in den Schuhen der Kinder am Neujahrsmorgen vor. In diesem Jahr war Luxus ausgeschlossen.

Auf den Halligen konnten Stürme selbst den reichsten Kapitän in wenigen Stunden bitterarm machen. Und in diesem vorletzten Winter des Jahrhunderts hatte das Unglück die Hallig in seinem harten Griff. Es lag auf ihr wie eine dicke schwarze Wolke, aus der Schneeregen peitscht und die nicht wanken und rücken will.

Sönke kehrte zurück, als Heinke mit dem Abwasch fertig war. Wieder flog die obere Klappe der Außentür zu, aber Sönke kümmerte es nicht. »Der Wind hat ein wenig nach Nordwest gedreht«, meinte er, »und meiner Ansicht nach nimmt er ab. Gott sei Dank, dann ändert sich das Wetter endlich.«

»Backen die Engel denn heute abend?« fragte Anke dazwischen, die Heinke längst hinausgeschickt hatte, damit sie sich zum Schlafengehen fertig machte.

Sönke schüttelte den Kopf. »Heute abend nicht, mein Kleines. Der Himmel ist schwarz von Wolken.

Heute versäumst du nichts. Aber in den nächsten Tagen ist es ganz bestimmt soweit.«

»Hoffentlich«, fügte Heinke hinzu.

Als Anke betrübt davongeschlichen war, setzte Sönke sich. »In den Fething ist noch kein Tropfen Seewasser gelaufen, wir sind noch einmal vor dem Schlimmsten davongekommen, glaube ich.«

»Aber bei so vielen Stürmen wäre es übermütig, immer auf sein Glück zu vertrauen«, sagte Heinke warnend.

»Wir müssen damit leben. So war es schon immer.«

»Nur kommen die Fluten jetzt öfter und höher.«

Sönke zuckte mit den Schultern. »Spätestens übermorgen können die Kinder wieder zur Schule gehen. Es wird Zeit, daß der Lehrer der ganzen Bande die Ohren lang zieht, zehn Lümmel auf einer einzigen Warf, das ist ja nicht zum Aushalten.«

Heinke lächelte. »Und ich werde meine Weihnachtspost schreiben. Wenn du so gut wärst, den Brief an Großmutter Stine dann gleich zur Peterheitzwarf zu bringen? Ganz bestimmt fertigt Edlef Tedsen vor Weihnachten noch Post für das Festland ab.«

»Das muß er. Ich habe da sowieso etwas zu erledigen«, antwortete Sönke zustimmend und drückte Heinke einen Kuß auf die blonden Flechten, die unter der Haube herausschauten.

»Und wie hoch steht jetzt das Wasser, Vater?« meldete Bandik sich, der gerade in Unterhose und Unterhemd zur Katzenwäsche vor dem Schlafengehen erschien. Unter seinem Arm tauchte Anke durch und stand ebenfalls im Unterzeug in der Tür zur Diele.

Heinke legte den Arm um ihre frierende Tochter und drückte sie an sich.

Sönke hob lauschend den Kopf. Wieder rüttelten gewaltige Böen am Haus, und es knackte im Gebälk. »Es läuft ab, nur noch der Warffuß ist umspült, ich bin sicher, ihr könnt morgen zur Schule.«

Plötzlich hörte Anke auf zu zittern. Fragend sah sie zu ihrer Mutter hoch. Heinke nickte ihr beruhigend zu. Heinke wußte, daß Anke bei Landunter stets Angst hatte. Wenn das Wasser sehr hoch stand, durfte niemand den Versuch machen, sie ins Bett zu schicken, sie blieb angekleidet am Wohnzimmertisch sitzen, und wenn die Nachbarn zu einem Schwätzchen herüber kamen, schlief sie trotz des Lärms und der Tabakschwaden aufrecht auf ihrem Stuhl.

»Das glaube ich nicht, Vater«, widersprach Bandik, nachdem er einen Augenblick nachgedacht hatte. »Am Vormittag wird die Flut den höchsten Stand haben, da ist noch viel zu viel Wasser, um durchzukommen.«

»Dann wirst du eben hierbleiben und dein ganzes Rechenbuch noch einmal durchrechnen«, befahl Sönke ungehalten.

»Und Knecht Ruprecht lege ich es zum Nachprüfen vor«, entfuhr es Bandik.

Sönkes Ohrfeige ließ Bandik beinahe über die nur halb gefüllte Wasserschüssel stolpern, die Heinke ihm schon bereitgestellt hatte. »Er wird dir eine Rute bringen, da kannst du sicher sein!«

»Und ich könnte wetten, ich muß mir schon wieder mit salzigem Wasser die Zähne putzen«, schrie Bandik erbittert. »Hauptsache, die Kühe haben Frischwasser!«

»Benimm dich nur weiter wie ein Ochse, dann bekommst du auch Süßwasser«, sagte Sönke barsch und zog sich in die Döns zurück, wo er seine Ruhe hatte.

»Jiiih!« rief Nis Puk begeistert und ließ sich mit der Wetterfahne im Kreis umherwirbeln, immer schneller, bis der Sturm ihn fast losgerissen hätte. Das war ein Wetter! Wie gemacht für Puken, besonders wenn sie in einem behaglichen Haus von Menschen wohnten und nicht wie ihre Vettern in den Hügeln hausen mußten.

Trotzdem – durch die Luft zu sausen und irgendwo in den Sylter Dünen hernieder zu krachen hatte er wahrlich keine Lust. Nis ließ sich über das Reetdach nach unten rutschen, landete auf der Stalltür, dessen oberer Flügel einen Spalt weit offen stand, und hüpfte in die Stallgasse.

So weit er hören konnte, war im Stall alles in Ordnung. Die Kühe lagen und käuten wieder, wie es sich gehörte, und nur Lene drehte sich zu ihm um. Er gab ihr einen freundlichen Klaps auf die braune Kruppe und schlenderte in den Verschlag, der abgesehen von allerlei Gerät, das dort aufbewahrt wurde, sein Reich war.

Dort sprang er in das Kummet der Stute, das an einem Pflock am Deckenbalken hing, schaukelte ein wenig vor sich hin und dachte nach. Und da Puken ein enorm langes Leben haben – seines Wissens war er mindestens 310 Jahre alt –, gab es viel nachzudenken.

In Erinnerung an die herrlichsten Grützmahlzeiten seines Lebens leckte er sich die Lippen. Der Bauer war zu seiner Zeit der freigiebigste von Kampen gewesen, und jeden Weihnachtsabend hatte Nis nicht nur die Puken des ganzen Dorfes, sondern auch die Kleinen Leute vom Puktal und vom Pukhügel zum Mithalten an der riesigen Breischüssel eingeladen. Das war aber schon lange her – der Bauer Petersen, der nun hier wirtschaftete, kümmerte sich nicht um das Wohlergehen von Puken.

Trotzdem hatte eine Grützschüssel immer ihren Weg in den Verschlag gefunden. Und Weihnachten stand vor der Tür …

Jemand kam. Nis ließ das Kummet ausschaukeln, damit es nicht knarrte, und lauschte. Es war Großmutter Stine, die die Gänse im gegenüberliegenden Verschlag füttern wollte.

»Komm, Martin«, murmelte sie kummervoll, »iß das Schrot, damit du schön fett wirst. Vielleicht ist es deine Henkersmahlzeit. Mein Sohn will dich zum Weihnachtsfest auf dem Tisch haben.«

Nis Puk erschrak. Martin war ein stattlicher Ganter, mit dem er oft schwatzte. Großmutter Stine schien wenig davon erbaut zu sein, Martin zu verzehren. Er selber auch nicht.

Drüben auf der anderen Stallseite hörte das erwartungsvolle Schnattern allmählich auf, während die Gänse sich über ihre Abendmahlzeit hermachten.

Stine schob die Tür wieder zu und tappte den Stallgang zurück ins Wohnhaus. Nur einen ganz kurzen Augenblick warf sie einen Blick zu Nis' Verschlag hinüber, so wie es ihre Gewohnheit war. Oft kam sie vor dem Schlafengehen ein letztes Mal und schaute nach, ob bei den Tieren alles in Ordnung war und niemand in Stall oder Scheune eine brennende Laterne vergessen hatte.

Nis blieb ruhig sitzen. Puken sind unsichtbar für Menschen.

Aber Großmutter Stine lächelte beim Anblick des

Kummets zufrieden, und Nis fragte sich wieder einmal, was in aller Welt an einem Kummet, in dem eine Großmutter nicht schaukeln konnte, so großartig war, daß sie lächelte.

Kapitel 2

Zwei Tage später standen auf dem Halligland nur noch Pfützen, und die Priele führten nicht mehr Wasser als sonst. Bandik und Anke waren zur Schule geschickt worden, Bandik mit der üblichen Ermahnung, auf seine Schwester aufzupassen, wenn sie den Stock vor der Kirchwarf überquerten. Wenn die Hallig Landunter gehabt hatte, waren die kleinen Brücken über die Priele häufig beschädigt, die Handläufe wakkelten, und alles mußte nach und nach repariert werden. Zu leicht konnte da ein Kind von der schmalen Planke in das eisige Wasser stürzen und ertrinken, selbst wenn der Priel nur nicht breit war.

Heinke seufzte leise und begann den Teig für das Gestaltengebäck zu kneten. Halligen bargen viele Gefahren, und obwohl die meisten Menschen sehr alt wurden, war man als Mutter oft in Sorge um die Kinder. Natürlich besonders, wenn man mit sich und seinen Gedanken allein war.

Sönke hatte die Schafe zur Weide aus dem Stall gelassen und befand sich sicherlich noch draußen auf der Fenne, und weitere Bewohner hatte das Haus seit dem Tod von Sönkes Mutter nicht. Heinkes eigene Mutter Stine lebte bei ihrem Sohn in dessen Bauerhof auf Sylt. Oh, der Brief fiel ihr ein. Sie durfte nicht vergessen, den Brief am Abend zu schreiben, damit er die Mutter noch vor Weihnachten erreichte.

Pfeifend kehrte Sönke zurück, glücklicherweise, denn dann stand wenigstens bei den Schafen alles gut. Noch gab es für die Kühe, die den Winter über im Stall bleiben würden, ausreichend Futter. Bandik konnte sie nach der Schule ausschicken, um einen Eimer voll Klaffmuscheln aus einem Priel zu holen. Wieder ein Tag, an dem sie Kartoffeln sparen würde.

»Alles in Ordnung?« rief Heinke nach draußen, wo, dem Geräusch nach zu urteilen, ihr Mann sich die Holzschuhe von den Füßen schüttelte.

»Doch, ja, einiges Gras werden die Schafe wohl noch finden«, antwortete er gutgelaunt. »Ich habe draußen auf der Fenne Broder getroffen, und der meint, daß es jetzt erst einmal ruhig bleiben wird. Er spürt es in den Knochen.«

»Meinst du wirklich, daß auf seine Knochen so viel Verlaß ist?« Heinke streifte sich den Teig von den Händen und blickte unter dem Reetdach hindurch hinauf in einen strahlend blauen Himmel. »Könnte es nicht eher sein, daß so sonniges Wetter im Dezember einen alten Mann einfach irreleitet?«

Sönke, der inzwischen am Türholm lehnte, um ihr zuzusehen, zuckte die Schultern. »Ich weiß es nicht. Aber Broder hat auch Ringelgänse gesichtet. Wenn sie auf dem Weg nach Norden schon hier auf der Hallig sind und sich nicht etwa nur auf dem Flug ins Winterquartier vertrödelt haben, dann wird der Winter nicht besonders hart werden, da hat er recht. Soll ich dir Ditten herabwerfen?«

»Ja, bitte«, sagte Heinke dankbar. Ihr Vorrat an Heizmaterial befand sich in einem hölzernen Schacht, der neben dem Herd vom Dachboden bis in die Küche reichte, und allein vom Vorheizen des Backofens war er schon halb geleert.

Während Sönke auf der Leiter nach oben stieg, begann auch Heinke wieder, frohgemut in die Zukunft zu sehen. Sie hatte den Geruch bereits in der Nase, der bald vom Weihnachtsgebäck ausgehen würde. Sobald die Kinder von der Schule zurück waren, würde sie mit Ankes Hilfe die Formen ausstechen und in den Ofen schieben. Später am Nachmittag waren dann mit der letzten Hitze im Ofen die Brote dran. Und vielleicht hatte ja Broder mit seiner Wettervorhersage sogar recht.

Abends, als Heinke die Wolle, die sie gerade gesponnen hatte, von der Spindel abwickelte, fiel ihr ein, daß der Brief an ihre Mutter immer noch nicht geschrieben war. Die Kinder lagen schon in ihren Wandbetten und schliefen, Sönkes Pfeife gurgelte leise, und der eiserne Ofen in der Stube gab nicht mehr viel Wärme ab.

Sie selber war müde vom Backen, danach hatte sie noch die sechs Kühe gemolken, auch wenn diese nicht mehr viel Milch gaben, und es war überdies für sie beide Zeit, sich schlafen zu legen. Beim Gedanken an ihre kalten Betten im unbeheizten Pesel schauderte es sie. Aber sie stand auf. »Komm, Sönke, es ist Zeit.«

Er erhob sich sofort, öffnete jedoch noch kurz das Fenster, um hinauszusehen. Heinke trat neben ihn und schmiegte sich in seinen Arm.

Draußen war es ganz still, abgesehen vom Rauschen der Wellen, die gegen das Ufer schlugen. Zum Festland hin leuchteten Tausende von Sternen, aber der Mond war von einem Schleier überzogen.

»Mir wären mehr Sterne lieber«, stellte Sönke nach einem Blick zur offenen See im Südwesten fest. »Es bedeckt sich schon wieder, hoffentlich zieht nicht ein neuer Sturm herauf.«

»Nein, Sönke, nun bist du zu pessimistisch«, sagte Heinke entschieden. »Laß mir das Vorrecht, schwarz zu sehen.«

Sönke schloß das Fenster, lächelte und küßte sie. In dieser Nacht hatte Heinke keinen Anlaß zu frieren, im Gegenteil, es war ziemlich warm, wenn auch etwas eng zu zweit im Wandbett.

Am nächsten Morgen peitschte Schneeregen fast waagerecht gegen die kleinen Fensterscheiben im Süden, und durch die Fugen zwischen den Wandfliesen pfiff der Wind in die Stube.

Bandik trödelte mit erwartungsvollem Gesicht durch die Küche. Heinke wußte, worauf er hinauswollte.

»Daraus wird nichts! Ihr zwei geht zur Schule«, sagte Sönke bestimmt. »Daß ich die Schafe nicht hinauslassen kann, bedeutet noch lange nicht, daß man euch nicht hinauslassen kann. Mittags, wenn das Wasser aufläuft, seid ihr längst wieder zu Hause; wenn es früher als erwartet kommt, schickt euch der Herr Lehrer schon los.«

Bandik ließ den Kopf hängen. »Es ist so langweilig«, maulte er. »Jeden Tag dasselbe.«

»So ist das Leben, mein Sohn«, sagte Sönke knapp. »Vieh füttern, Stall ausmisten, Schafe treiben, Heu machen, fischen ...«

»Ich meinte nicht das Leben. Ich meinte die Schule!« Bandik flüsterte ganz leise vor sich hin, und Heinke, die neben ihm stand, dachte, daß nur sie ihn gehört hatte.

Aber Sönkes Kinn hob sich, und er furchte die Augenbrauen, und Bandik hatte Verstand genug, sofort zu verschwinden, Anke auf den Fersen.

Als beide Kinder fort waren, band Heinke sich schnell das Kopftuch über die Haube und ging ihnen nach, nur um ihnen um eine Hausecke herum hinterher zu spähen.

Sie war beruhigt, als sie sah, daß auch die anderen Kinder der Warf nach und nach eintrudelten, um sich auf dem Ack zu versammeln. Alle Eltern fanden offenbar, daß trotz des Windes noch keine Gefahr bestand. Manchmal hatte Heinke das dumme Gefühl, daß sie sich mehr sorgte als die Frauen, die auf der Hallig geboren waren, und Sönke sie zuweilen sogar deswegen in Schutz nehmen mußte.

Während Heinke am Vormittag ihren Haushalt versah, nahm der Wind schnell an Stärke zu, und mittags erwies es sich, daß sie gar nicht mal so unrecht mit ihren Bedenken gehabt hatte. Erleichtert nahm sie zur Kenntnis, daß Sönke beschloß, den Kindern entgegenzugehen, um sie sicher nach Hause zu bringen.

Alle drei troffen von Nässe, als sie das Haus betraten. Der Weg zwischen der Kirchwarf und der Ketelswarf führte keineswegs dicht am Wasser entlang. Offensichtlich schlugen die auflaufenden Wellen trotz des Südwestwindes schon im Norden über die Kante.

Heinke verkniff sich eine Bemerkung über den Leichtsinn des Lehrers. Hauptsache, alle Kinder waren gut zu Hause angekommen.

»Morgen fällt die Schule aus«, behauptete Bandik siegesgewiß und warf seinen durchweichten Ranzen in die Ecke beim Ofen, wonach er sich aus den nassen Kleidern schälte.

»Die Briefbeförderung leider auch«, ergänzte Sönke. »Deine Mutter wird noch ein paar Tage warten müssen.«

Heinke nickte. Eine Woche nur noch bis zum Weihnachtsabend. Von Berlin hätte man nach Sylt telegrafieren können, auf Langeneß gab es dergleichen Möglichkeit nicht. Wegen ihrer Mutter tat es ihr leid, die würde sich Sorgen machen; ihrem Stiefbruder Frerk war sie ohnehin gleichgültig.

Die nächste Nacht war wieder einmal eine, die Sönke und Heinke wachend verbrachten, Anke zwischen sich, die sich krampfhaft bemühte, wach zu bleiben und trotzdem immer wieder einnickte. Als einige der Nachbarn ins Haus trudelten, um wie üblich über vergangene Sturmfluten und die gegenwärtigen Aussichten zu schwatzen, brachte Heinke ihre Tochter, eingewickelt in eine dicke Decke, auf dem Sessel neben dem Bilegger unter, damit sie es warm hatte.

Dann goß sie den Männern Tee ein und stellte den Krug mit dem Köhm daneben. Obwohl sie sich mit an den Tisch setzte, gingen die Reden an ihr vorbei. Sie lauschte statt dessen dem Simmern des Wassers im Kessel, das allmählich im Lärm des Sturms unterging. Die Böen heulten immer öfter und lauter, die Fensterläden, die Sönke, seiner Vorahnung entsprechend, schon früh am Abend geschlossen hatte, klapperten, und überall im Haus knackte das Gebälk.

Gegen Mitternacht schwoll der Sturm zu Orkanstärke an. Sönke zündete seine Sturmlaterne an und verließ mit den Nachbarn das Haus.

Heinke hockte sich neben ihre Tochter, die unruhig schlief, und wiegte sie sacht in den Armen, ohne in ihrer Aufmerksamkeit für das, was draußen geschah, auch nur eine Sekunde nachzulassen.

Wasser drang noch nirgends ins Haus, wie überhaupt der Sturm in dieser Nacht schlimmer als die Flut zu sein schien.

Zwei Heuklampen standen vor ihrem Haus, aber sie reichten nicht aus, um ihm vor dem Sturm Schutz zu geben. Heinke hatte sogar ständig Angst, daß die Heugebirge sich losreißen und gegen die Hausmauern wehen könnten. Aber Sönke hatte ihr im Gegenteil versichert, daß sie im Notfall sogar ihre letzte Hoffnung darstellen würden. Schon mancher Halligbewohner hatte sich vor den umstürzenden Hausmauern auf den Klamp gerettet und war mit ihm bis zum Festland getrieben.

Heinke hatte nicht die geringste Lust, auf einem Heuberg durch die Nordsee zu treiben. »Wie sieht es aus?« fragte sie, als Sönke zurückgekehrt war.

»Nicht gut. Ich habe jetzt Sandsäcke auf die Abdeckung des Soodes gelegt. Vor die Türen auch.«

Heinke nickte still. Das bedeutete vermutlich, daß das Wasser die Warfkrone wahrscheinlich doch erreicht hatte und der Wind immer noch nicht in die ungefährlichere Nordwest- oder gar Nordrichtung drehte. »Und die Klampen?«

»Sind verankert. Noch halten die Taue. Aber die Paulsens haben ihren bereits verloren. Sie sahen ihn davontreiben.«

»Die Ärmsten«, sagte Heinke mitleidig. »Und unsere Kühe und Schafe sind so unruhig, daß man meinen könnte, sie hätten um ihr eigenes Heu Angst.«

»Ich habe es schon gehört. Ich werde mal nach dem rechten sehen.«

Wieder war Heinke mit ihrer Tochter allein in der Döns. Bandik schlief wie immer in seinem Alkoven in der Küche, er machte sich am wenigsten aus dem Sturm.

Unbewegt lauschte Heinke den vielfältigen Geräuschen, die der Wind verursachte, und allmählich war sie gar nicht mehr sicher, ob nicht schon das Wasser die Hausmauern umspülte. Am frühen Abend hatte sie noch die Schaumkronen auf den kurzen Wellen unterhalb des Hauses glitzern sehen können.

Aber wenn die Sturmläden vor den Fenstern geschlossen waren, fühlte Heinke sich wie in einem unterirdischen Loch eingesperrt. In solchen Nächten half nur beten und hoffen, daß der Herr ein Einsehen haben möge.

Am späten Vormittag des nächsten Tages war der Sturm immer noch hart, er hatte jedoch endlich gedreht. Die Ketelswarf war noch einmal davongekommen, darüber waren sich die Männer einig, die sich in der Nordwestecke den Schaden am Haus der Paulsens betrachteten. Der Wind hatte ihren Heuberg dagegengeworfen, wodurch die Traufe des Reetdaches beschädigt worden war. Danach hatte der Wind leichtes Spiel mit dem Reet gehabt.

Sobald es abflaute, würde Hans Paulsen sein Dach flicken. Andere Häuser waren nicht beschädigt, nicht einmal die Bockmühle, und selbst das Schiff von Redleff Ketelsen schaukelte unbeeinträchtigt im Priel.

Heinke hörte sich die Kommentare der Männer still an, sie war hauptsächlich mitgekommen, um das Meer zwischen der Warf und Föhr in Augenschein zu nehmen. Die Wellen draußen auf See trugen Schaumkronen, und noch stand das Wasser auf der Hallig, aber die Pfosten der Gatter und Zäune schauten schon zur Hälfte heraus.

Bandik kam mit einem Arm voller Reethalme, die von Paulsens Dach stammten und irgendwo in Lee liegengeblieben waren, um die Ecke gestürmt. »Ich helfe dir beim Flicken, Hans«, rief er und ergänzte nach einem vorsichtigen Seitenblick auf seinen Vater: »Nach der Schule.«

An diesem Tag war aber weder ans Flicken zu denken, noch daran, zur Schule zu gehen.

Am nächsten Tag, als das Wasser abgelaufen war, sprach sich herum, daß die Nordmarscher ein Todesopfer zu beklagen hatten. Auf Peterswarf war der älteste Sohn beim Versuch, ein entkommenes Schaf zu retten, ertrunken.

Welch ein grausames Schicksal für ihn, dachte Heinke, aber auch für die Eltern. Sie würden ihren Jungen noch nicht einmal vor Weihnachten zu Grabe tragen können, denn er war von der See mitgerissen worden.

Kapitel 3

Nis Puk schaukelte wilder denn je im Kummet. Weihnachten stand vor der Tür, und mit leuchtenden Augen stellte er sich die Grützschüssel vor, die in der Ecke auf ihn warten würde, wenn er in der Heiligen Nacht von seinem Rundgang in Haus, Scheune und Stall zurückkehrte. Nicht besonders groß, das war klar, denn das duldete der Bauer nicht. Aber auf ein ansehnliches Butterklümpchen hoffte er trotzdem. Grütze an Weihnachten ohne Butter gab es ja gar nicht.

Er hatte die Unterirdischen vom Pukhügel schon eingeladen. Selbst ihr König, Finn Puk, hatte versprochen zu kommen. Es sollte ein Fest werden, von dem man noch lange sprechen würde.

Die einzige Sorge, die ihm nicht aus dem Kopf wollte, war der Ganter. Er hatte mit Martin ein ernstes Gespräch geführt, und, wie er es sich gedacht hatte, hielt Martin nichts vom Schlachten. Und vom Verspeistwerden schon gar nicht. Statt eines Gänsebratens für die Bauersleute hatte er Grütze vorgeschlagen.

Das hörte sich vernünftig an. Nur: Würde die

Grütze dann für alle reichen? War seine Einladung an die Pukhügelpuken möglicherweise voreilig gewesen?

Darüber zerbrach er sich gerade den Kopf, als das laute Atmen von Großmutter Stine ihn aufschreckte. Das hatte sie manchmal, aber nie so laut wie jetzt. Und außerdem war es nicht die richtige Zeit für ihren Kontrollgang, denn noch war heller Nachmittag, die Sonne schien sogar.

Nis hielt das Kummet an und spähte um die Ecke.

Großmutter Stine sah heute gar nicht gut aus. Sonst waren ihre Wangen rot, und wenn sie die im Fell glänzenden Kühe der Reihe nach betrachtete, pflegte sie zu lächeln und jede einzelne zärtlich mit Namen anzusprechen. Und die Rotbunten vergalten es ihr mit einem freundlichen Muh und fetter Milch.

Dieses Mal humpelte Großmutter Stine, auf einen Stock gestützt, an den Kühen ohne ein Tönchen vorbei, nicht einmal dem Wallach auf der anderen Seite des Stallgangs gönnte sie einen Blick. Ihr Schnaufen steigerte sich, und mit letzter Kraft ließ sie sich auf den Melkschemel sinken, der in Nis Puks Verschlag stand.

Verdutzt blickte Nis Puk auf ihre schwarze Haube und die unruhigen Hände hinunter, die sie in ihrem Schoß knetete, nachdem der Stock ihr entfallen war. Irgend etwas Besonderes ging vor, das spürte er sofort, feinfühlig wie alle Puken sind.

Bauer Frerk hatte sich doch nicht etwa entschlossen, Martin zu verkaufen, damit andere ihn aufessen konnten? Nis war drauf und dran, hinunterzuspringen, um sich bei Martin selbst aus erster Hand zu erkundigen. Aber Großmutter Stine begann mit sich selbst ein Gespräch zu führen, und das machte ihn nun doch neugierig.

»Schrecklich«, murmelte Großmutter Stine, »nun habe ich immer noch keine Nachricht von meinen Langenessern. Heinke schreibt in jedem Jahr rechtzeitig einen Brief, damit ich ihn am Weihnachtstag habe. Meistens lese ich ihn dann wieder und wieder und freue mich an jedem Wort. Morgen abend wäre es so weit ... Aber der Brief ist ausgeblieben. Und jetzt kommt auch keiner mehr. Wie es Anke und Bandik wohl gehen mag? Sie sind doch so liebe Kinder! Und Heinke und Sönke? Hoffentlich steht ihr Haus noch nach all den Stürmen! Sie werden doch nicht fortgeschwemmt worden sein!«

Nis schüttelte den Kopf. Nein, das glaubte er nicht. Vom Wetter verstand er mehr als eine Großmutter. Puken sind auch wetterfühliger.

»Überhaupt hat niemand, der Verwandte auf den Halligen hat, Post von dort bekommen oder gar Besuch«, fuhr Großmutter Stine bekümmert fort. »Sie haben aber den Leichnam eines jungen Menschen gefunden, der bei Ockholm angetrieben ist und der von einer Hallig stammen könnte. Jedenfalls war er so angezogen wie einer von der Hallig. Und kein Kapitän vermißt derzeit einen Seemann, schreibt das *Sylter Intelligenzblatt*. Ich habe es von vorn bis hinten durchstudiert.«

Nun verstand Nis ihre Beunruhigung. Sie hatte Angst, daß ihren Leuten auf Langeneß im letzten Sturm etwas passiert war. Im Jahr 1825, nach Menschenjahren gerechnet, waren mehrere Halligleute im Sturm umgekommen. Er nickte mitfühlend und so heftig, daß ihm seine Zipfelmütze über die Augen rutschte. Ärgerlich schob er das alte und viel zu weite Ding wieder an seinen Platz, um die Großmutter sehen zu können.

Sie seufzte tief, wirkte aber etwas gefaßter. Es hatte ihr gutgetan, sich inmitten der Tiere des Hofes auszusprechen. Alle Kühe und der Wallach hatten zugehört, sogar die Hühner hatten für einen Augenblick aufgehört, im Stallgang zu picken. Nis war sehr stolz auf seine klugen Tiere. Daß Martin vor sich hin brabbelte, fand er unter den gegebenen Umständen verständlich.

Großmutter Stine richtete den Blick an die Decke, wie Menschen es tun, wenn sie ein Gebet zu ihrem Herrn im Himmel senden. »Wenn ich nur jemanden wüßte, der hinüberfliegen könnte, um nach dem rechten zu sehen«, sagte sie laut. »Er brauchte nur zu bestätigen, daß das Haus noch steht und der Schornstein raucht. Das würde schon reichen, um mir die Sorge zu nehmen.«

Es gab Nis Puk einen kleinen Ruck. Ja, wenn es nur das war! Im Vorland weideten Ringelgänse, die man bitten konnte, eine Runde über Langeneß zu drehen. Eine Handvoll Getreide als Gegengabe, und sie würden sich sogar nach Helgoland bemühen. Er machte einen Satz hinunter auf den Boden und schrieb in den Mehlstaub, der auf der Handmühle liegengeblieben war, ein vernehmliches: Ja!

Großmutter Stine lächelte getröstet und nickte dem Kummet zu, bevor sie aufstand. Den Stock ließ sie auf dem Boden liegen. Nis Puk machte vor Freude einen Purzelbaum, als Großmutter Stine wie üblich mit den Kühen sprach und für einen Augenblick bei jeder einzelnen stehenblieb. Lene brummte freundlich zurück, und die Hühner pickten und folgten der Großmutter wie ein gefiederter Hofstaat aus dem Stall.

Und Nis Puk machte sich in entgegengesetzter Richtung auf, um eine Absprache mit einer Ringelgans für einen Rundflug über Langeneß am ersten Weihnachtstag zu treffen.

Seit dem letzten heftigen Sturm war es auf den Halligen ruhig geworden. Die Sonne schien, und es fror

Stein und Bein. Die Kinder ahnten nicht, daß nun wieder andere Sorgen die Erwachsenen plagten. Heinke stand, ein dickes Wolltuch um die Schultern geschlagen, in der Tür unter dem Giebel und blickte zur Hallig Hooge hinüber. Auch dort hatte gewiß das Wasser auf dem Halligland zu frieren begonnen, bevor es ganz abgelaufen war. An den Ufern der Priele, wo das Wasser nicht schnell genug abgeflossen war, gab es große Eisflächen und inmitten der Weiden kleinere Eisflächen, unterbrochen von Grasbüscheln oder Zaunpfosten.

Es war ihrer Meinung nach sogar fraglich, ob man an diesem Heiligen Abend überhaupt zur Andacht in die Kirche gehen konnte. Der Stock vor der Kirchwarf war im Sturm weggetrieben, und bei diesem Frost konnte man keinen neuen bauen. Sönke war mit den anderen Männern zum Priel gegangen, um festzustellen, ob man eine Notlösung finden konnte.

»Ich gehe Schlittschuhlaufen, Mutter.« Bandik drängte an ihr vorbei hinaus, mit den alten hölzernen Schlittschuhen über der Schulter.

»Aber sei ganz vorsichtig, daß du nicht irgendwo in tiefes Wasser einbrichst«, mahnte Heinke ihn eindringlich. »Bitte, Bandik!«

»Ja, ja«, sagte Bandik und lief den Abhang der Warf hinunter.

Heinke seufzte und kehrte ins Haus zurück. Es war noch viel Arbeit zu erledigen, bis sie Christi Geburt mit einem Festessen feiern konnten. Immerhin ging ihr Anke schon gut zur Hand. Sönke würde noch den Stall blitzblank putzen und allen Tieren reichlich Futter vorlegen. Dann war noch der Jöölboom zu schmücken, eine Sitte, die sie von Sylt mitgebracht hatte; Weihnachtsbäume, wie sie auf Marktplätzen der Städte und sogar in manchen Wohnungen aufgestellt wurden, gab es hier nicht. Heinke lächelte belustigt. Einen Tannenbaum im Wohnzimmer stellte sie sich irgendwie merkwürdig vor.

Hinter ihr betrat Sönke die Diele durch die Tür zum Stall. »Es geht leider nicht«, berichtete er knapp. »Der Priel führt zu viel Wasser, um lediglich Planken darüber zu legen, und ein Boot ist nicht zur Hand. Die Weihnachtsandacht fällt in diesem Jahr für uns und die Butwehler aus. Deren Stock ist ebenfalls abgerissen. Für solche Fälle müßte die Gemeinde dem Pastor eigentlich ein Ruderboot genehmigen, finde ich. Ich werde es demnächst zur Sprache bringen.«

»Eine solche Kette von Ereignissen bis hin zur Zerstörung einer Brücke gerade vor Weihnachten hat es wohl selten gegeben«, meinte Heinke. »Aber da der Herr sie uns geschickt hat, wird er einsehen, daß wir zum Gottesdienst nicht gehen können.«

»Der Pastor wird den Gottesdienst für alle halten, die östlich von der Kirchwarf wohnen. Für uns übrigen, die nicht hin können, wird er die Glocke länger läuten lassen als sonst, hat er uns mitteilen lassen.«

»Nun gut. Wir werden den Weihnachtsabend trotzdem schön verbringen. Anke hat ein neues Lied auf ihrer Flöte eingeübt, aber tu mir den Gefallen, Sönke, und versuche nicht, mitzubrummen. Deine falschen Töne würden sie vermutlich von ihren richtigen abbringen.«

Sönke lachte und versprach es mit einem Kuß.

Die Buchsbaumzweige hatte Heinke sich schon zurechtgelegt. Sie mußten als erste am Jöölboom befestigt werden, bis sie wie ein rundes grünes Rad um die Spitzen aller Querstäbe des hölzernen Gestells herumführten.

Anke reichte ihr ganz vorsichtig Adam und Eva aus Salzteig an, die als größte Gestalten in der Mitte des Rades hängen sollten, und dann kamen nacheinander der Eber, das achtfüßige Pferd und der Bock; manche Figuren mochten aus einer fernen Zeit stammen und fanden möglicherweise nicht das Wohlwollen eines aufmerksamen Pastors.

»Schön, Mutter«, sagte Anke bewundernd. »Jetzt fängt Weihnachten an.«

Es dämmerte gerade, als Bandik vom Schlittschuhlaufen zurückkehrte. Heinke hörte, wie er sich laut und fröhlich von seinen Freunden verabschiedete, die sich ebenso wie er auf das Festessen und einen langen Abend mit Liedern und Spielen freuten. Um so verwunderter war sie, als er mit zutiefst sorgenvoller Miene in die Küche kam.

»Was ist denn, Bandik?« fragte sie schließlich. »Du machst so ein merkwürdiges Gesicht.«

»Wir haben gerade das Weihnachtswetter der letzten hundert Jahre durchgesprochen«, erklärte er.

»Wie bitte?«

»Jeder, der etwas darüber wußte, hat gesprochen. Wir haben alles zusammengelegt, was die Väter und Großväter jemals darüber erzählt haben. Und wir sind zum Schluß gekommen, daß der Frost anhalten wird, daß es aber nicht sicher ist, ob das Eis zwischen den Halligen und dem Festland schon trägt. Knecht Ruprecht wird nicht auf die Halligen durchkommen. Jedenfalls nicht bis zum Altjahrsabend. Das sieht ganz, ganz düster für uns aus.«

»Ihr meint, daß die Bescherung ausfallen wird?« fragte Heinke, der plötzlich aufging, wovon er sprach.

»Genau! Vier von uns meinen es, einer glaubt es nicht, das ist aber nur Ole, und der ist sowieso bißchen zurückgeblieben, und die Mädchen und die Kleinen zählen nicht.« Bandik war es bitterernst.

Anke, die auf einem Stuhl stand und gerade die Petroleumlampe über dem Tisch anzünden wollte, brach in Tränen aus.

»Oh, Kinder!« rief Heinke hilflos. Sie konnten ihnen in diesem Jahr nicht viel schenken, aber für Nüsse und Pfefferkuchen war doch gesorgt. Nicht im Traum wäre sie darauf gekommen, daß die Kinder sich gewissermaßen ausrechneten, warum sie dem schönsten Tag des Jahres so mutlos entgegensehen mußten. Sie umfing Anke und Bandik und drückte sie fest an sich. »Nein, ganz bestimmt wird Knecht Ruprecht kommen. Sein Schlitten kann doch durch die Luft fahren.«

Bandik machte sich von ihr frei. »Entschuldige, Mutter, aber sei nicht kindisch! Er kommt entweder über das Eis, wenn es trägt, oder mit einem Boot, wenn es kein Eis zwischen dem Hafen Bongsiel und den Halligen gibt. Aber kein Mensch kann sich durch diesen gefrierenden Matsch wagen, unter dem man nicht sehen kann, ob da Wasser ist oder gar ein ganzer Priel ... Ausgeschlossen!«

Heinke setzte sich auf den Küchenstuhl. Ihr kluger Sohn, der so viel nachdachte, daß er dem Schulstoff schon immer voraus war! Wie sollte sie es ihm erklären, ohne ihm den Glauben an Ruprecht zu nehmen? Sie versuchte es anders. »Knecht Ruprecht ist noch nie ausgeblieben! Du kannst fragen, wen du willst, Bandik.«

»Daß der Priel vor der Kirchwarf an Weihnachten nicht benutzt werden konnte, ist auch noch nie dagewesen«, wandte er ein. »Da kannst du fragen, wen du willst, Mutter!«

»Nun ja«, sagte Heinke ratlos. »Am besten sprichst du das mit deinem Vater durch. Vielleicht hat er Argumente, die dich überzeugen, daß Knecht Ruprecht es schafft.«

Bandik zog eine Schulter hoch und strich sich die schon ziemlich langen blonden Haare aus dem Gesicht. »Wie du meinst, Mutter. Meinetwegen. Ich werde versuchen, mich mit ihm nicht zu streiten.«

Voll Stolz betrachtete Heinke ihren Sohn. In letzter Zeit war er beträchtlich in die Höhe geschossen, und er gab sich fast wie ein Erwachsener. Dabei sollte er erst in zwei Jahren konfirmiert werden.

In diesem Augenblick machte Sönke in der Diele den üblichen Lärm mit den Schuhen, klopfte sich die Kälte von den Schultern und kam in die warme Küche herein.

»Vater«, sagte Bandik so nachdrücklich, daß er sofort Sönkes Aufmerksamkeit einfing, »hat es das schon mal gegeben, daß die Bescherung in der Neujahrsnacht ausfiel?«

»Ja, doch«, antwortete Sönke überrascht. »Im Jahr 1863.«

»Siehst du, Mutter«, versetzte Bandik triumphierend und stolzierte hocherhobenen Hauptes aus der Küche.

O nein, dachte Heinke und schüttelte resignierend den Kopf hinter ihrem Sohn her. Achtzehnhundertdreiundsechzig war der Beginn der Trennung von Dänemark gewesen. Nicht Knecht Ruprecht war ausgeblieben, sondern die Preußen waren gekommen. Zumindest hatten die Nordfriesen es gehofft, und ein halbes Jahr später war es dann soweit gewesen. Aber wer würde sich an diesem Abend schon über Kriegszeiten auslassen?

Und wenigstens hatte Bandik sich mit seinem Vater nicht gestritten, sie waren sich im Gegenteil mit ihren hochgezogenen Augenbrauen sehr einig gewesen. Das war auch etwas wert.

Die ungewöhnliche Einigkeit von Vater und Sohn hielt den ganzen langen und schönen Weihnachtsabend stand. Heinke hatte aufgetischt, was ihre Vorräte hergaben, und ihre beiden Männer waren nach der Schweinebacke mit Mehlbüdel so satt, daß sie kaum mehr singen mochten.

Was auch eine Möglichkeit ist, Sönke vom allzu lauten Singen abzuhalten, dachte Heinke heiter und schaffte es gerade noch, die Teller abzutragen, bevor die neue kleine Glocke der Langenesser Kirche anschlug.

Sönke öffnete die Vordertür und rief sie und die Kinder nach draußen. Heinke schmiegte sich in seinen Arm, während sie die funkelnden Sterne betrachtete und dem klaren Bimmeln der Glocke zuhörte.

»Die Geburtsstunde des Herrn Jesus. Und es ist schön, den Herrn im Himmel so nah zu wissen«, sagte Heinke träumerisch. »Ihn zu hören, meine ich.«

»Aber man wußte doch auch ohne die Glocke, daß die Kirche auf der nächsten Warf steht«, widersprach Bandik nüchtern.

»Eine Fahne als Signal für den Gottesdienst ist etwas anderes als eine Glocke, mein Sohn«, sagte Sönke milde. »Kannst du eine Fahne bei Nacht sehen? Deine Mutter hat ganz recht.«

»Na, ja, das stimmt schon«, gab Bandik zu. »Trotzdem glaube ich nicht, daß man die Glocke bei diesem Ostwind auf der Hunnenswarf hören kann. Oder, Vater?«

»Nein, da hast du wiederum recht. Aber immerhin handelt es sich um eine Art himmlische Gerechtigkeit. Die Leute von der Hunnenswarf sind beim Gottesdienst, und wir haben die Glockenklänge.«

»Kommt, wir gehen wieder hinein«, sagte Heinke und schüttelte sich. »Es ist kalt.«

Anschließend sangen sie »Stille Nacht, Heilige Nacht« und »Lobt Gott, ihr Christen, all' zugleich«, die gleichen Lieder, die man augenblicklich in der Kirche sang. Zwar hatten sie keine Orgel, aber Anke begleitete sie schon sehr schön, und so war der Weihnachtsabend sehr harmonisch. Die Kinder durften länger aufbleiben als sonst, und ganz zum Schluß tischte Heinke Förtchen auf.

Sie brachte es nicht übers Herz, an diesem Abend über ihre Sorgen zu sprechen, nicht an diesem.

Kapitel 4

Der Spätnachmittag des Weihnachtstages war angebrochen, für Puken mindestens genau so schön wie für Menschen. Auch Nis Puk freute sich. Er pfiff so laut und falsch, daß sämtliche Kühe sich entrüstet zu ihm umdrehten, klatschte jeder einzelnen auf die Kruppe, um sie zu versöhnen, sammelte hier und da ein Krümelchen Mist aus dem Fell und bereitete sich in Gedanken auf das Pukenfest an der Grützschüssel vor.

Morgen war morgen. Und morgen würde er nach Langeneß fliegen. Aber ganz sicher würde Großmutters Dank in Gestalt eines besonders dicken Butterklumpens heute schon in der Schüssel glänzen.

Bereits im Stallgang hörte er die Pukengesellschaft in seinem Verschlag durcheinander schwatzen und singen. Nanu, waren sie zu früh, oder er zu spät? Aber wie dem auch sei, unter Puken nahm man das nicht so genau.

Als er um die Bretterwand trat, waren sie gerade von einem friesischen Lied zu einem dänischen übergegangen, und die dänischen Nisse waren es, die Kaffee mitgebracht hatten und ausschenkten. Überhaupt unterschieden die Nisse sich hauptsächlich durch den Kaffee von den friesischen Puken, die für gewöhnlich Tee tranken. Manchmal sogar Teepunsch, aber nur ganz heimlich.

Abgesehen vom Tee unterschieden sich die Nisse von den Puken natürlich auch durch die Farbe ihrer Jacken. Wo Nis Puk auch hinsah, hockte ein grün und gelb gewandeter Hügelpuk zusammen mit einem rotweißen Nissemädchen. Oder umgekehrt. Sie bevölkerten seinen ganzen Wohnraum, im Kummet hockten sie zu viert, und sogar auf dem Fenstersims saßen zwei und tuschelten miteinander.

Nis Puk trat auf den König zu, dessen grüngelbgeringelte Zipfelmütze zum Zeichen seines hohen Ranges von einem schmalen Eisenreifen eingefaßt war. »Willkommen zur Weihnachtsgrütze, Finn Puk«, grüßte er artig, »ich freue mich, daß ihr so zahlreich gekommen seid und unsere dänischen Verwandten mitgebracht habt.«

»Sogar eine schwedische Kusine, die gerade zu Besuch im Hügel ist«, sagte Finn stolz und zog einen kleinen Tomte an der blaugelben Mütze in die Höhe.

Sie machte vor Nis Puk einen tiefen Knicks und schaute ihn sehr keck an.

»Sie heißt Gunilla und ist noch nicht verheiratet«, ergänzte der König listig. »Und ihre kleine Knollennase ist wirklich niedlich, finde ich.«

Nis nickte verwirrt. Was sollten diese Bemerkungen? Er war noch zu jung zum Heiraten. »Äh, der Kaffee riecht gut«, murmelte er.

»Im Gegensatz zur Weihnachtsgrütze«, sagte Finn Puk, nun sichtlich distanziert.

»Wieso?« fragte Nis, wegen eines schrecklichen Verdachtes plötzlich beunruhigt. »Ist keine Butter in der Grütze?«

»Vor allem ist keine Grütze da.«

»Was?« Nis sah sich um. Tatsächlich, die Stelle neben der Milchschale für den Kater Murr, wo die hellbraune Schüssel mit den roten Punkten seit Jahrhunderten am Weihnachtstag zu stehen pflegte, war leer.

Keine Weihnachtsgrütze! Welch ein Elend! Vor Enttäuschung und Scham wegen seiner Bauersleute plumpste Nis auf sein Hinterteil und schlug die Hände vor das Gesicht. So etwas war noch nie passiert, seitdem er auf diesem Hof lebte. Er konnte nicht verhindern, daß ihm Tränen zwischen den Fingern durchliefen. Er hatte sich so auf Großmutter Stine verlassen, und nun hatte sie ihn ganz schrecklich blamiert.

Der Erkundungsflug nach Langeneß war auf der

Stelle gestrichen! Wer ihm so etwas antat, durfte selber keine Gefälligkeit erwarten.

Die Nisse und Puken blieben fröhlich und feierten weiter. Durch solche Kleinigkeiten ließen sie sich nicht aus der Ruhe bringen. Und Kaffee gab es genug.

Finn Puk trank keinen Kaffee. Ein König hat außer dem Feiern noch andere Pflichten. Er betrachtete Nis Puk mit äußerst säuerlicher Miene, nachdem dieser seine Tränen getrocknet hatte.

Nis guckte genau so zurück, schließlich hatte er am meisten Grund sauer zu sein. Er war noch nicht fertig damit, als heftiges Flügelschlagen und Flattern die Puken und Nisse mit fragenden Gesichtern an den Rand des Stallganges rief.

Erst nach einer Weile entschloß Nis Puk sich, ebenfalls neugierig zu sein, gerade rechtzeitig, um den flüchtenden Ganter Martin zu sehen, der flügelschlagend den Stallgang entlang schoß, laut um Hilfe schrie und in seiner Angst gegen den ausnahmsweise verschlossenen oberen Teil der Stalltür prallte.

Hinter ihm her humpelte Großmutter Stine, so atemlos, daß sie kaum sprechen konnte. »Öffnen«, würgte sie heraus, und dann sackte sie auf die Ziegelsteine des Stallganges.

Mit einem Satz war Nis Puk bei ihr, starrte ihr ratlos

auf die tiefen Falten am Mund und hätte ihr gerne geholfen. Wenn er gewußt hätte, wie!

Plötzlich war er umringt von der Familie des Bauern, alle schon in festlichen Kleidern. Die Mutter und die Kinder beugten sich mit fragenden Mienen zu Großmutter Stine herab. Der fette Bauer Frerk kam als letzter, drängte sich zwischen seinen Kindern durch und nagelte Nis' Zehen mit einem seiner gewaltigen Holzschuhe fest.

»Au!« heulte Nis laut auf.

Großmutter Stine schlug ein Auge auf und sah Nis geradewegs ins Gesicht. »Er nahm mir die Schüssel fort«, flüsterte sie. »Wegen eines Pfundes Butter, eines einzigen Pfundes ...«

»Was sagst du, Oma?« fragte Frerk barsch.

»Sie sorgt sich noch wegen der Butter«, übersetzte die jüngste Tochter, deren Ohren feiner waren und sich näher am Boden befanden.

»Es ist schon vergessen, Oma«, versicherte Frerk großzügig. »Und steh jetzt auf, wir müssen zur Kirche.«

»Und die Gans?« fragte seine Frau eingeschüchtert. »Was ist mit der Gans?«

Frerk winkte mit seiner fleischigen Hand ab. »Zu spät. Du wirst den Ganter eben morgen früh schlachten. Abends haben wir ihn auf dem Tisch, das sage ich dir! Er wird einen angemessenen Weihnachtsbraten für den Großbauern Frerk Petersen auf dem Ulmenhof in Kampen darstellen. Es war Unsinn, auf Oma zu hören, von wegen verständiger Ganter! Er kann so verständig sein, wie er will, gegessen wird er trotzdem! Das ist Gänseschicksal.«

Großmutter Stines Atem pfiff vernehmlich. Mit mißvergnügter Miene bückte Frerk sich und hievte sie in die Höhe, als sei sie eine Feder. »Wir müssen uns beeilen. Die Glocke läutet schon. Kannst du zur Kirche gehen, Oma, oder soll ich anspannen lassen?«

»Ich bleibe hier«, keuchte Stine. »Ich gehe zu Bett.«

»Das wird der Kirchenvorstand übelnehmen, Oma! Aber wie du willst. Kommt, Kinder!« Frerk drückte seinen dicken Bauch nach vorne und schob sich mit schwingenden Armen zum Stall hinaus.

»Alter Miesepeter!« schimpfte Nis hinter ihm her.

Die Kinder drängten ihrem Vater nach; seine Ehefrau warf noch einen unlustigen Blick auf Stine und folgte ihnen, vorsichtig, wegen der feinen Schuhe, die sie anhatte.

Nis Puk war froh, daß er dem Getümmel der Holzschuhe unbeschädigt entkommen war, aber nur bis zu dem Augenblick, als Großmutter Stines schwerer Rock ihn beinahe von den Füßen gewischt hätte. Sie schwankte wie ein Segel im Wind und griff zu einem der Pfosten, die das Dach trugen, um sich festzuklammern.

Ihr ging es gar nicht gut, stellte Nis besorgt fest.

Aber jetzt erwies sich, daß der König zu recht der König der Hügelpuken war. »Kommt, ihr Nisse und Puken! Und das Tomtemädchen Gunilla! Hier ist starke Hilfe gefordert«, rief er und holte weit mit dem Arm aus, um ihnen den Weg in den Stallgang zu zeigen.

Nach seiner Anweisung reihte sich das Kleine Volk einer neben dem anderen hinter den drei Rocksäumen der Großmutter auf und hob an.

»Ich glaube, es geht wieder«, murmelte Stine. »Mir ist jetzt leichter zumute.«

»Das will ich meinen«, stimmte Nis Puk zu, der auf Zehenspitzen auf einem Hackklotz stand und ihr ins Gesicht spähte, um sich zu vergewissern, daß ihr das Blut langsam in die Wangen zurückkehrte. »Das müssen viele Kleiderpfunde sein, die Großmutter trägt.«

»Wir sind bereit«, rief Finn Puk gedämpft, der unsichtbar unter den Kleidern steckte.

»Hier entlang«, sagte Nis und marschierte vorweg.

Großmutter Stine tat einen Schritt nach dem anderen, besonders schwierig war es mit den Ecken, weil die Nisse und Puken, die den weiten Weg hatten, rennen mußten. Es dauerte lange, bis sie die Kammer der Großmutter erreichten, aber endlich war es geschafft.

Als Nis Puk die Gäste verabschiedet hatte und nochmals durch den Türspalt in Großmutter Stines Kammer spähte, lag sie im Bett. Er hatte keinen Zweifel, daß sie ziemlich krank war, und das warf seine ganzen Pläne über den Haufen.

Natürlich trug nicht sie die Schuld am Grützenunglück! Er bedauerte längst, daß er es im ersten Ärger ausgesprochen hatte.

Aber unter diesen Umständen konnte er den Ausflug nach Langeneß trotzdem nicht unternehmen. Puken sind zuständig für Glück und Zufriedenheit in einem Haus, und wie hätte er es ausgerechnet in diesem Moment verlassen können?

Aber Puken haben auch viele gute Ideen. Hier waren Taten gefordert.

Wie ein geölter Blitz sauste er zurück in seinen Verschlag.

Martin, der Ganter, hockte immer noch niedergeschlagen neben Murrs Milchschüssel, wo Nis ihn vorläufig untergebracht hatte. Nis setzte sich vor ihn hin, die Beine im Schneidersitz untergeschlagen. »Hör zu, Martin! Großmutter Stine wollte, daß man dich aus dem Stall läßt. Aber sag selbst, ob du dich noch allein draußen versorgen kannst! Und bist du gewitzt genug, um hungrigen Syltern zu entkommen, die dich einfangen möchten?«

Martin glättete nervös zwei kurze Federn, die sich nach seinem panischen Flug vorhin immer noch nicht an der richtigen Stelle befanden. »Ich bin gewitzt«, schnatterte er gekränkt.

»Das ist fein«, sagte Nis Puk erfreut. »Dann wird es für dich nicht schwierig sein, den Weg nach Langeneß zu finden. Kannst du noch fliegen?«

Statt einer Antwort putzte sich Martin wieder das makellos weiße Gefieder, an dem Nis jetzt wirklich nicht mehr erkennen konnte, was dem Ganter daran mißfiel. Vielleicht war er auch einfach nur beleidigt.

»Gut, du kannst also fliegen«, faßte Nis zusammen. »Dann wirst du zu Familie Bonken auf der Ketelswarf umziehen. Heinke Bonken ist die Tochter von Großmutter Stine. Ich habe sie aufwachsen sehen, ich weiß, daß sie nicht das Herz hat, dir den Hals umzudrehen.«

Martins gelber Schnabel nahm grünliche Färbung an.

Aber Rücksichtnahme war jetzt nicht am Platz. Martin mußte unbedingt verstehen, wie groß für ihn die Gefahr war. »Vor allem nicht, wenn du ihr eine Botschaft von ihrer Mutter bringst«, fuhr Nis fort. »Heinke muß sofort nach Sylt kommen! Großmutter Stine ist krank, und am schnellsten wird sie gesund werden, wenn sie weiß, daß es allen Bonken gutgeht, und obendrein ihre eigene Tochter es ihr erzählt.«

Der grünliche Schnabel blieb zugeklemmt wie eine Auster.

»Wie ist es, Martin?« fragte Nis Puk. »Ist doch eine gute Idee, oder?« Geduldig wartete er auf eine Antwort. Er hoffte sehr, daß nicht eine Rundumwäsche notwendig war, um den Ganter gesprächig zu machen.

»Ich hatte noch kein Abendessen! Obwohl Weihnachtsabend ist!«

»Oh, das stimmt natürlich«, sagte Nis. Er brachte es nicht übers Herz, Martin daran zu erinnern, daß es dem Bauern ähnlich sah, am Futter für eine Gans zu sparen, die gleich geschlachtet werden sollte. »Du bekommst dein Schrot sofort, heute abend die doppelte Portion wie alle anderen auch. Während du ißt, schreibe ich den Brief an Heinke. Und morgen früh fliegst du, sobald es hell ist.«

»Warum nicht gleich?« murrte Martin und gab Nis hochmütig zu verstehen, daß er einverstanden war.

Erleichtert machte ihm Nis das Essen fertig, schrieb in seiner schönsten Schrift die Botschaft und setzte seine Unterschrift darunter. Dahinter stand geheimnisvoll: ein Freund des Hauses.

Als der Bauer Frerk mit der Familie aus der Kirche

zurückkam, schlief Martin längst, versteckt unter einem Sack, in Nis Puks Verschlag. Aber es kam ohnehin niemand mehr, um im Stall nach dem Rechten zu sehen.

Im Morgengrauen des ersten Weihnachtstages ließ Nis Puk den Ganter hinaus. Der Brief war zusammengerollt an das rechte Bein gebunden.

Aber das Gewicht dieses bißchen Papiers konnte nicht die Ursache sein, weshalb Martin mit schlagenden Flügeln lief und lief, ohne abzuheben. Besorgt sah Nis ihm nach, und das Herz blieb ihm vor Schreck beinahe stehen, als Martin aufgab.

Der Ganter stand einfach zu gut im Futter und konnte überhaupt nicht mehr fliegen. Und er selbst hatte ihm noch die große Weihnachtsportion vorgelegt! Nis Puk schlug die Hände über dem Kopf zusammen, als er seinen Fehler begriff.

Martin gab jedoch nicht auf. Als er einen der Pukenhügel am Rand von Kampen erreicht hatte, schlug er einen Haken und trampelte sich seinen Weg im Dünensand nach oben, drei Schritte vor, zwei Schritte zurück.

Auf der Kuppe gab Martin ein triumphales Schnattern von sich. Dann hob er die schlohweißen Schwingen und stob los.

Nis stieß leise den großen Pukendank aus und stellte bei sich fest, daß Martin tatsächlich gewitzter war, als er gedacht hatte. Er sah dem Ganter nach, bis er nur noch ein weißer Punkt in den grauen Wolken war und schließlich mit ihnen verschwamm.

Kapitel 5

»Sieh mal, Vater!«

Wirk Nommensen, der sich an diesem kalten und ungemütlichen, aber doch arbeitsfreien ersten Weihnachtstag draußen ein wenig erging, um sich nach dem üppigen Essen auszulüften, richtete den Blick neugierig auf den weißen Punkt inmitten eines Flocks von Ringelgänsen, der auf die Hallig zuhielt. »Eine weiße Ringelgans. Das habe ich noch nie gesehen«, meinte er. »Aber warum nicht? Es gibt auch weiße Stockenten.«

»Sie ist so langsam und viel dicker als die anderen«, sagte seine kleine Tochter. »Könnte es ein Storch sein?«

»Mitten im Winter! Magda! Die Störche sind jetzt in Afrika.«

»Ich weiß. Aber es gibt doch Weihnachtswunder«, widersprach Magda.

Wirk zuckte mit den Schultern und beobachtete das Tier nun aufmerksamer als vorher. Die Leitgans an der Spitze des Dreiecks war schon annähernd über der Warf, und die weiße Gans befand sich inzwischen überhaupt nicht mehr innerhalb der Formation.

Magda hatte recht, die Gans gehörte nicht zu den anderen, hatte sich ihnen möglicherweise nur angeschlossen.

Die Ringelgänse zogen weiter in südwestlicher Richtung, was Nommensen nur recht war, denn dann würden sie sich über das Gras einer anderen Warfgemeinschaft hermachen. Die Hunnenswarf ganz im Osten von Langeneß war ohnehin zu oft Opfer der gefräßigen Tiere.

»Die will zu uns!« Magda lief jubelnd den Warfabhang hinunter.

Die weiße Gans landete mit vorgestreckten Füßen. Sie war jedoch so schwach, daß sie stolperte. Mit langem Hals schlitterte sie über das gefrorene Gras und blieb wie tot liegen.

Magda hockte sich neben sie und streichelte vorsichtig ihren Kopf. »Sie mag mich«, sagte sie, als die Gans sich nicht wehrte.

Wirk nahm die Pfeife aus dem Mund. »Fett genug ist sie ja«, stellte er fest. »Die ist anderswo der Bratröhre entkommen. Aber ich möchte wetten, das hat ihr nichts genützt.«

»Wieso, Vater, wir wissen doch nicht, wem sie gehört.«

»Doch. Jetzt uns.«

Magda starrte die Gans betroffen an, die immer

noch steif im Gras lag, die Beine weit von sich gestreckt. »Sieh mal, es ist eine Postgans«, rief sie plötzlich glücklich. »Die darf man nicht schlachten!«

Wirk schüttelte schmunzelnd den Kopf, während er seine Pfeife in Lee seines Rückens wieder anzuzünden versuchte. »Es gibt nur Brieftauben, Magda, keine Postgänse«, sagte er, als sie endlich brannte. »Postgänse läßt die Reichspost nicht zu. Wer wüßte das besser als ein Postschiffer?«

»Aber sie hat einen Brief am Bein.«

Magda konnte sehr hartnäckig sein, ihr Vater wußte es. Vermutlich hatte die Gans das Bein gebrochen oder sich in einem Zweig verklemmt, oder es war eben etwas anderes. Doch heute war Weihnachten, und ein Kind hat das Recht, daß man sich wenigstens an Feiertagen ein wenig mit ihm befaßt. Er beugte sich hinunter.

Dann staunte Wirk selbst. Ein Zettel war mit einem gelben Wollfaden am Bein der Gans befestigt. Er nahm das Pfeifenmundstück fest zwischen die Zähne und begann den Knoten zu lösen.

»Was steht auf dem Zettel?« fragte Magda begierig.

»Großmutter Stine ist krank, bitte komm sofort! Nis Puksen, ein Freund des Hauses«, las er laut.

»Weißt du, wer damit gemeint ist, Vater?«

Wirk schüttelte bedächtig den Kopf. »Weiß ich nicht. Auf der Hunnenswarf bestimmt niemand. Kein einziger hat hier Verwandte außerhalb von Langeneß. Nicht einmal auf Oland. Und einen Nis Puksen kenne ich auch nicht. Nur einen Nils Pörksen. Die Gans sollte bestimmt woanders hin und hat sich verflogen.«

»Aber wir behalten sie doch, Vater?« Magda sah ihm ängstlich ins Gesicht. »Sie ist sehr wohl eine Postgans und außerdem amtlich.«

Amtlich hin oder her. Es gab keine amtliche Postgans. Vielmehr grenzte es schon fast an Zauberei, wenn ein solches Tier Post beförderte. Als Postschiffer der Reichspost hatte Wirk keine Absicht, sich näher mit einer zauberhaften Gans zu befassen. Nicht einmal, um sie zwischen die Zähne zu kriegen.

Zur Vorsicht legte Wirk einen halben Meter zwischen sich und die Gans. »Meinetwegen, wenn du sie selbst auf die Weide läßt. Aber Schrot bekommt sie nicht, das sage ich dir!«

»Ich nenne sie Martin.« Magda stellte die Gans, die nunmehr ein Ganter war, vorsichtig mit beiden Händen auf die Füße. Noch ein wenig zitterig blieb Martin stehen, dann zupfte er ein grünes Hälmchen aus einem gefrorenen Grasbüschel. »Er ist einverstanden«, sagte Magda hochzufrieden.

»Ich glaube«, sagte Sönke Bonken nach einem Blick in den strahlenden Sonnenschein am zweiten Weihnachtsfeiertag, »wir können uns morgen oder übermorgen an die Reparatur des Stockes vor der Kirchwarf machen. Was meinst du, Bandik?«

»Gern, Vater. Aber was ist mit dem gefrorenen Boden?« Bandik fand auch, daß er jetzt schon zu lange untätig herumgesessen hatte. Zwei Tage Pfänderspiele und Singen konnte einen ganz rappelig machen, es reichte. Er mußte hinaus.

»Nein, Pfosten bekommen wir natürlich nicht hineingetrieben, das ist klar. Aber das Wasser hat sich soweit zurückgezogen, daß der Priel seine normale Breite hat. Ich habe zwei schöne Planken, die von Ufer zu Ufer reichen sollten. Eisenbolzen, um sie an Ort und Stelle festzuhalten, werden wir schon in die Erde treiben können.«

Heinke sah von ihrer Handarbeit auf und lächelte ihre Männer an. Sie gingen ungewöhnlich friedlich miteinander um, was damit zu tun hatte, daß zwischen den Jahren die Winterarbeit der Männer auf Fennen und Mehden ruhte und Bandik schulfrei hatte. Nur für Frauen gab es keine arbeitsfreie Zeit, nicht einmal an Weihnachten. Doch sie waren ja auch weniger streitsüchtig als Männer und benötigten keine Erholung.

Für einen winzigen Augenblick kniff Heinke die Lippen zusammen. Gerne hätte sie einmal Berlin besucht, statt Strümpfe zu stricken oder zu stopfen. Sie warf einen Seitenblick auf Anke, die neben ihr saß und mit der Zunge zwischen den Zähnen und gerunzelter Stirn konzentriert die Maschen am Daumen eines Handschuhs zählte.

»Abgemacht, Vater«, bestätigte Bandik, nachdem er für sich selbst wie üblich die Angelegenheit von allen Seiten beleuchtet hatte, und grinste von einem Ohr zum anderen. »Ich suche schon mal die Bolzen und den Vorschlaghammer heraus.«

Der Länge nach lag Nis Puk im Kummet und träumte vor sich hin. Es war still im Stall, nur die Tiere rührten sich leise, wiederkäuten und prusteten gelegentlich. Und neben der Milchschale putzte sich der schwarze Murr die Schnurrbarthaare.

Nis kraulte sich am Kinn. Ob er sich einen Bart stehen lassen sollte? Er würde dann etwas älter und weiser aussehen. Und der Gedanke ans Heiraten war vielleicht gar nicht so schlecht, wie er zuerst gedacht hatte.

Wumm, machte es irgendwo. Wumm, wumm.

Na schön, dachte Nis ein wenig ungehalten, der Bauer würde das Geräusch nicht wahrnehmen oder zu gleichgültig sein, also war es seine Sache nachzusehen, was da in Unordnung geraten war. Er setzte sich auf und richtete sich die Pudelmütze.

Zu Ehren des Festtages war sie grün mit goldenen Sternchen. Er hatte sie kurz vor Weihnachten auf dem Melkschemel gefunden, und sie hatte ausgesehen, als gehöre sie ihm. Jedenfalls paßte sie wie angegossen, es war nicht zu erwarten, daß sie ihm in entscheidenden Augenblicken über die Augen rutschen würde.

Wumm!

Nis schrak zusammen und hörte auf, seine Mütze zu bewundern. Statt dessen sah er sich um. »Gunilla!« sagte er staunend.

Sie hockte auf der halbhohen Bretterwand seines Verschlages und ließ die Beine baumeln.

»Hej«, sagte Gunilla.

»Moin«, grüßte Nis und fand es mit einem Mal ganz in Ordnung, daß Frerk zu gleichgültig war, um Unordentlichkeiten im Stall zu überprüfen.

»Ich dachte, ich komme auf einen Kaffee vorbei«, verkündete Gunilla erwartungsvoll.

Oh, je. »Wir Hauspuken trinken nur Tee«, entschuldigte sich Nis schüchtern.

»Das geht auch«, meinte Gunilla und sprang von der Bretterwand auf den Boden. »Fangen wir an. Ist er gefährlich?« Sie meinte Murr, der aufgehört hatte, sich zu putzen und sie erstaunt aus seinen gelben Augen anstarrte.

»Nein, nein. Nur wenn du grau gekleidet wärst,

könnte er dich möglicherweise mit einer Maus verwechseln.«

»Ich gehe nie in Mausgrau!« Gunilla drehte sich vor Nis, der inzwischen auch herunter gesegelt war. Der gelbe Rock schwang wie eine Glocke um ihre Beine, und die blaue Mütze wippte im Takt eines Weihnachtsliedes aus ihrer Heimat. »Staffan var en stalledräng ...«, sang sie herzhaft, und als sie beim letzten hohen Ton angelangt war, rieb Murr so begeistert seine Stirn an ihr, daß sie sich an der Milchschale festhalten mußte.

Nis Puk stemmte die Fäuste in die Seiten und betrachtete Gunilla fröhlich. Plötzlich entdeckte er, daß dieser Weihnachtstag für ihn ein Glückstag werden könnte. Und ganz bestimmt war er alt genug zum Heiraten.

Dann reichte Nis Gunilla die Hände, und zum ersten Mal tanzten sie einen ausgelassenen Pukenreigen. Nicht das letzte Mal, schwor sich Nis Puk.

Zwei Tage später war es mit Wirk Nommensens Ruhe endgültig vorbei. Er sprang geradezu in die Höhe und stand stramm.

»Was ist, Vater?« fragte Magda erschrocken. »Ich habe für Martin gesorgt, er weidet draußen.«

»Darum geht es nicht«, versetzte Wirk unwirsch. »Ich

bin Angestellter der Reichspost! Man verläßt sich auf mich.«

»Ja doch, Wirk«, sagte seine Frau begütigend. »Sie wissen bestimmt, daß du zuverlässig bist. Wer etwas anderes behauptet, bekommt es mit mir zu tun.«

»Wenn es Post zuzustellen gibt, dann wird sie zugestellt! Ganz gleich, ob Reichspost oder Gänsepost!«

»Aber diese Woche wird doch nicht zugestellt, denke ich. Und überhaupt müßtest du Edlef Tedsen dazu erst überreden.«

»Papperlapapp! Von Edlef Tedsen ist überhaupt nicht die Rede! Dieser Fall ist zu schwierig für ihn. Das wußte schon der Ganter. Er wäre auf Peterheitz gelandet, wenn er Edlef die Zustellung zugetraut hätte.«

»Das stimmt, Mutter«, rief Magda. »Martin ist sehr klug!«

»Ich bin ab sofort im Dienst«, fuhr Wirk fort. »Ich werde feststellen, ob es jemanden gibt, der eine kranke Großmutter Stine auf dem Festland hat.« Der Postschiffer machte sich auf der Stelle an die Arbeit, zog sich seine warme Jacke an, die Holzschuhe mit den Lederschäften und die Postmütze mit dem Reichsadler.

Magda lehnte am Türpfosten und sah ihm zu. Dann hatte sie einen Einfall. »Darf ich mit, Vater? Du könntest mich irgendwo bei einer meiner Freundinnen lassen und auf dem Rückweg wieder abholen, ja? Ich muß ihnen unbedingt von Martin erzählen.«

»Du und deine Tiere«, sagte Wirk kopfschüttelnd. »Man muß ja froh sein, daß es hier keine Löwen gibt. Aber meinetwegen.«

Als sie kurze Zeit später nebeneinander die Ack hinunterliefen, daß ihnen weiße Atemwolken hinterherwehten, hörten sie energisches Schnattern und Flügelschlagen. Magda drehte sich um. Martin hatte sie erblickt, er kannte sie und mochte sie, was sie sehr zufrieden machte.

»Na, der hat sich aber gut erholt«, sagte Wirk, und für einen kurzen Augenblick grummelte wieder der Verdacht in seinem Magen, bei dieser Gans könne nicht alles mit rechten Dingen zugehen. Aber Dienst ist Dienst, und für Gänse war im Augenblick keine Zeit.

Wirk nahm Magda bei der Hand und marschierte los. An diesem klaren Tag schienen die anderen Warfen so nah zu liegen, aber wenn das Pech es wollte, mußte er bis zur Peterswarf auf Nordmarsch und würde erst in der Nacht zurückkehren. Na ja, so weit mußte es nicht kommen.

»Martin kommt mit«, meldete Magda beglückt, doch das interessierte Wirk nicht, denn er legte sich gerade seine Route zurecht.

Peterheitzwarf konnte er sich sparen; die hatten ganz sicher keine Verwandten auf dem Festland. Außerdem hätte es möglicherweise mit Edlef Tedsen wegen der Zustellung Ärger gegeben ... Auf Bandixwarf war es ähnlich, da fuhr ein Sohn zur See. Und Kapitäne hatten es nicht nötig, einen Ganter zur Nachrichtenübermittlung zu verwenden.

»Wo wollen wir hin, Vater?«

»Erst zur Honkenswarf und dann zur Christianswarf. Sag mal, muß dieses weiße Ungeheuer hinter uns her marschieren? Wie sieht das aus!«

»Ich sagte doch, daß Martin mitkommt«, antwortete Magda zufrieden. »Er weiß, daß ihm nichts geschieht, wenn er bei mir ist.«

»Oh, in meinem Hause auch nicht«, versicherte Wirk nachdrücklich. Das hatte ihm noch gefehlt, daß ein Postganter einen außerordentlichen kaiserlichen Postzusteller überwachte, als ob der nicht zuverlässig genug wäre. Aber er wagte nicht, laut zu protestieren. Wenigstens hatte Magda ein Händchen für Tiere aller Art und würde Martin davon abhalten, sich allzu auffällig zu benehmen.

Als er sich umdrehte und Martin in die Augen sah, blickte er streng zurück. Wie ein Vorgesetzter von der Postbehörde.

Auf Honkenswarf gab es drei Familien, doch leider keine Freundin von Magda. Die Kinder waren entweder Jungen oder zu klein, um schon in die Schule zu gehen. Magda musterte argwöhnisch die Schar, die Martin umzingelt hatte, die ganz Kleinen mit dem Daumen im Mund. Sie zappelte vor Ungeduld, endlich weiterzugehen.

»Immer mit der Ruhe«, sagte Wirk zu ihr, als er nach einer Weile auf dem Weg von einem zum anderen Hof bei ihr vorüberlief, »du kommst schon noch zur Ketelswarf. Zwei Familien habe ich schon erledigt. Ich habe ohnehin nicht viel Hoffnung, auf den kleineren Warfen jemanden zu finden, auf den die Beschreibung paßt. Verwandtschaft auf dem Festland ist eher bei den Reicheren zu erwarten.«

»Sie gucken so blöd«, flüsterte Magda ihm zu. »Als hätten sie noch nie einen Ganter gesehen.«

Wirk nickte kurz. Es war nicht beruhigend, festzustellen, daß Kinder mit ihrem feinen Gespür für Sonderbares solches Interesse für eine Gans zeigten. »Ich gehe jetzt zu Honke«, sagte er. »Gehst du mit, oder willst du den Ganter verteidigen?«

»Beides«, sagte Magda und folgte ihrem Vater auf dem Fuß.

Honke sägte gerade Treibholz klein, als sie kamen. Er ließ die Säge sinken und grinste übers ganze Gesicht. »Moin, ihr drei«, grüßte er.

»Oh, das verdammte Vieh!« brach es aus Wirk heraus. Er erzählte Honke die ganze Geschichte ausführlich.

»Und jetzt suchst du also den Empfänger des Briefes«, faßte Honke spöttisch zusammen. »Schöne Arbeit in den Jultagen! Du könntest dir vermutlich Besseres vorstellen.«

»Das kannst du wohl laut sagen«, stimmte Wirk vernehmlich zu und konzentrierte sich auf den Wortlaut der Botschaft.

Magda verbesserte ihn nur ein einziges Mal. »Nis Puksen hieß er, nicht Nis Pörksen.«

»Ja, meinetwegen. Aber die Frau hieß Stine, da bin ich mir sicher.« Wirk sah mit offenem Mund hinter Honke her, der die Säge auf den Boden geworfen hatte und zum Eingang seines Hauses lief.

Nach einer Weile kam Honke mit seiner Mutter im Schlepptau zurück. »Sag es ihm selbst!« forderte er.

»Ich habe eine alte Tante Stine in der Mühle auf dem Stollberg, eigentlich ist sie die Frau meines Onkels, aber wir haben sie immer Großmutter Stine genannt ...«

»Wir haben sie«, erklärte Wirk triumphierend.

Nachdem Honke seine aufgeregte Mutter zurück ins Haus gebracht und versprochen hatte, sich sofort auf den Weg zu Großmutter Stine zu machen, kehrte er wieder zu Wirk zurück, schon in warmer Winterkleidung und mit einem Sack über dem Rücken.

Sie beratschlagten eine Weile am Rand der Warf, welchen Weg Honke nehmen sollte. Es war nicht ganz klar, ob das Eis zwischen Oland und dem Festland schon tragen würde. Außerdem gab es eine tiefe Rinne, in der Schiffe zwischen Wyk und Husum verkehrten.

»Aber versuchen muß ich es«, sagte Honke fest. »Wer erwartet, daß er von mir Hilfe kriegt, bekommt sie.«

»Klar, das ist so«, fand auch Wirk und betrachtete seine mißmutige Tochter, die nun sehr enttäuscht war. Er dagegen war dankbar, daß er sich nicht auf noch mehr Warfen lächerlich machen mußte. Mit einer Gans im Schlepptau.

»Kopf hoch, Magda«, sagte Honke freundlich. »Wenn ich zum Festland durchkomme, dann wißt ihr Kinder, daß Knecht Ruprecht die Halligen zur rechten Zeit erreicht. Es wird schon werden mit der Bescherung ...«

Magda machte ein verwundertes Gesicht. »An die Bescherung habe ich gar nicht gedacht. Ich habe ja Martin ...«

»Magda ist manchmal etwas gedankenlos.« Wirk zog es vor, seine Tochter daran zu hindern, Honke zu erklären, daß ein lebendes Tier für sie das schönste Geschenk überhaupt war. Eine Postgans auch noch! Hoffentlich würde er ihretwegen keinen Ärger mit der Reichspost bekommen.

»Ah, so«, sagte Honke. »Nun, die Kinder hier und auf der Ketelswarf sprechen von nichts anderem mehr, als daß Knecht Ruprecht die Halligen nicht erreichen könnte. Ja, ich gehe dann.«

Kapitel 6

Magda und Wirk winkten Honke eine Weile nach. Ihr Rückweg war zwar derselbe, den Honke nahm, aber um nichts in der Welt wäre Wirk in Begleitung eines erwachsenen Mannes über die Hallig gewandert, während eine zahme Gans ihm auf Schritt und Tritt folgte.

»Sieh mal, dort kommt Ankes Vater«, sagte Magda, als es ihr zu dumm wurde ihm nachzuschauen, während Honkes eigene Kinder ihm längst nicht mehr nachwinkten und wieder Martin anstaunten.

»Wo?« Wirk drehte sich um. Es war ihm sehr recht, zwischen Honke und sich einen größeren Abstand zu wissen. Gegen einen kleinen Schwatz mit Sönke hatte er nichts einzuwenden.

Sönke hob die Hand und signalisierte Wirk, daß er mit ihm sprechen wollte, während er und Bandik sich im Eilschritt näherten. Wirk nickte. Natürlich wartete er. Er war es gewöhnt, daß die Halligbewohner von ihm Neuigkeiten erfragten, die er vom Festland mitbrachte.

»Wir haben euch gesehen, als wir auf der Fenne den Stock reparierten«, erklärte Sönke, als er heran war. »Ich muß mit dir sprechen, Wirk.«

»Moin, erstmal«, sagte Wirk reserviert.

»Ja, moin. Wann bringst du das nächste Mal Post zum Festland?«

»Tja. Post. Ich weiß nicht genau«, sagte Wirk bedächtig und ließ den Blick über das weiß gefrorene Halligland schweifen. »Kein Mensch weiß bis jetzt, ob da ein Durchkommen ist.«

»Aber wenn Honke nicht umkehrt, ist er durchgekommen, und dann wissen wir es.« Mit dem Kopf im Nacken sah Magda zu dem langen Sönke hoch.

Sönke blickte belustigt abwechselnd auf Magda und auf ihren Ganter hinunter. »So, so. Honke ist also zum Festland unterwegs. Schade, wenn ich das gewußt hätte, hätte ich ihm eine eilige Nachricht mitgegeben.«

»Ihn kannst du nicht mehr einholen«, versetzte Wirk. »Außerdem ist Edlef der Zusteller, nicht Honke.«

Sönke kaute an der Innenseite seiner Wange. »Der Brief ist wirklich eilig. Könntest du ihn mitnehmen?«

»Ausgeschlossen. Es muß alles seine Ordnung haben. Edlef muß ihn frankieren, abstempeln, eintragen ... Bring ihn zu Edlef, dann sehen wir weiter.«

Sönke schwieg ein wenig verärgert.

Magda runzelte die Stirn und sah von einem Erwachsenen zum anderen. Wirk merkte, wie es hinter ihrer Stirn arbeitete. Hoffentlich blamierte sie ihn jetzt nicht.

»Vater, eine Gänsepost ...«, warf Magda ein.

Er unterbrach sie, ungewohnt energisch. »Also gut, Sönke«, schnaubte er, »du kannst mir den Brief ja mitgeben. Wenn du ihn holen möchtest, werde ich in Honkes Stube auf dich warten.«

Sönke nickte. Gelegentlich warf er einen Seitenblick auf den Ganter, und Wirk stand wie auf Kohlen.

Magda holte tief Luft.

Was wollte sie denn jetzt noch?

»Vater, ich würde Anke so gerne besuchen. Könnte ich nicht mit Sönke mitgehen?«

Wirk schob den Unterkiefer vor. Eigentlich paßte es ihm nicht, denn Magda würde auf der Ketelswarf übernachten müssen. Aber wenn er ablehnte, brachte sie es fertig, die Rede wieder auf die Gänsepost zu bringen. Diese tückische Hartnäckigkeit hatte sie von ihrer Mutter.

»Ist das deine Gans?« fragte Bandik leise.

»Mein Ganter. Er folgt mir überall hin«, wisperte Magda.

»Er folgt ihr überall hin, Vater«, erklärte Bandik vernehmlich. »Bitte, Wirk, laß Magda mit uns mitkommen. Wir könnten versuchen, den Ganter abzurichten.«

»Das wäre wirklich das letzte, das ich möchte! Zirkuskunststücke, was?«

»Nein, zum Fliegen mit Post«, widersprach Bandik verblüfft. »Magda sprach doch gerade von der Gänsepost.«

»Oh, Vater!«

Unter den bittenden Augen der Kinder und den kritischen von Sönke gab Wirk seinen Widerstand auf. Bloß nicht weiter über diesen Martin reden müssen! Mürrisch verzog er sich in die warme Stube, während die anderen drei sich auf den Weg zur Ketelswarf machten. Mit der Gans. Er hätte sie doch schlachten sollen!

Bandik pflanzte sich mit roten Wangen und klammen Händen vor Heinke auf. Er hatte noch nicht einmal Zeit gefunden, draußen die Schuhe auszuziehen. Ernst erklärte er ihr, wie es auf der Hallig mit dem Wetter stand.

Hinter ihm wartete bescheiden Magda, und wenn Heinke recht sah, zeigte sich gelegentlich ein weißer Gänsekopf neben ihr und rieb sich den Unterschnabel an ihrem Bein.

»Aber wenn Honke nicht zurückkehrt und auch keine Leiche antreibt, dann ist er durchgekommen, verstehst du, Mutter? Und dann kommt auch Knecht Ruprecht auf die Hallig!«

»Aber Bandik«, sagte Heinke konsterniert.

»Doch, Mutter. Wir haben Ostwind, bei der Kälte! Dann wird Treibgut auf die Südostkante von Langeneß geworfen. Edlef von der Peterheitzwarf hat mir früher schon einmal gezeigt, wo er eine Leiche gefunden hat.«

»Ja, gewiß, Bandik.« Ihr Sohn war so eifrig bei der Sache, und Heinke hatte nicht das Herz, ihm zu erläutern, daß sie diese Abhängigkeiten sehr wohl verstand, nicht nur, weil sie älter war. Aber nüchtern zu erwägen, wo ein lebendiger junger Mann heute noch als Leiche antreiben könnte, ging zu weit. »Und Magda möchte also ein paar Tage bei uns bleiben?«

»Ja, wir haben uns entschlossen, ihren Ganter abzurichten.«

»Nein, das haben wir nicht«, widersprach Magda kühn, trat vollends in die Küche und machte vor Heinke einen Knicks. »Ich wollte Anke so gern besuchen. Martin ist mitgekommen, weil er sie kennenlernen will.«

»Das kannst du gerne, Magda. Anke wird sich freuen«, sagte Heinke warmherzig. Auch wenn es einen hungrigen Esser mehr satt zu machen galt, es würde schon gehen. Sie war außerdem so erleichtert, daß der

Brief endlich fortkam, daß es mehr als gerecht schien, die Tochter des Postschiffers zu beköstigen, während der Mann sich ausschließlich wegen ihres Briefes auf den beschwerlichen Weg machte. Zumindest hoffte sie es.

Magda streckte Bandik die Zungenspitze heraus, was Heinke sehr wohl bemerkte, obwohl es nicht für sie gedacht war, und dann zog sie ab.

»Tja, Bandik«, bemerkte Heinke, »so ist das mit den jungen Mädchen.«

»Sie ist eine dumme Gans«, schnaubte Bandik. »Ein Ganter paßt ausgezeichnet zu ihr!« Er trollte sich ebenfalls.

In der Woche zwischen Weihnachten und Neujahr arbeitete niemand außer den Hausfrauen, für die alles wie immer war. Ausnahmsweise war Anke von ihren Pflichten befreit, und die beiden Freundinnen kuschelten sich sofort auf das Sofa in der Döns zusammen. Es gab ja so viel zu erzählen!

Der eiserne Bilegger knackte leise, gab aber eine angenehme Wärme von sich. Martin ließ sich vor ihm auf dem Boden nieder und steckte den Kopf unter den Flügel.

Anke betrachtete ihn neugierig. »Und wenn er mal muß?«

»Muß er nicht«, sagte Magda sachkundig. »Er war die ganze Zeit mit uns auf den Beinen und hatte keine Zeit zu essen und zu trinken. Er ist jetzt einfach nur müde.«

»Und wenn doch?«

»Pah«, sagte Magda wegwerfend, »dann schieben wir das Würstchen eben zwischen die Dielenbretter. Das merkt deine Mutter gar nicht!«

»Sie ist doch nicht beschränkt«, sagte Anke entsetzt. »Natürlich merkt sie es.«

»Weißt du was, Anke«, sagte Magda in geheimnisvollem Ton und rückte näher an ihre Freundin heran. »Martin ist etwas Besonderes. Er ist eine amtliche Postgans, die einen Brief nach Langeneß gebracht hat, und die darf man nicht einfach vor die Tür setzen, wenn sie mal muß. Auch deine Mutter nicht.«

»Was stand denn drin in dem Brief?« fragte Anke neugierig. »Und warum hat ihn nicht dein Vater mitgebracht?«

»Eigentlich ist es ein Postgeheimnis«, überlegte Magda laut. »Aber weil du meine Freundin bist ...« Sie legte ihren Mund an Ankes Ohr und begann ihr die ganze Geschichte ins Ohr zu flüstern.

Anke hörte mit funkelnden Augen zu. »Wie schade, daß Honkes Großmutter auf Stollberg Stine heißt«, sagte sie schließlich ein wenig neidisch. »Ich habe auch eine Großmutter Stine. In Kampen auf Sylt. Doch Honke war natürlich zuerst dran …«

Magda nickte mitfühlend. »Da hast du ja wirklich Pech gehabt. Aber erzähle es niemandem. Denk an das Postgeheimnis. Die Reichspost entläßt meinen Vater auf der Stelle, wenn herauskommt, daß er die Briefe liest, die er expedieren soll.«

»Ich verspreche es hoch und heilig«, sagte Anke und bedauerte es insgeheim noch höher und heiliger. Aber Versprechen war Versprechen.

Am nächsten Tag, dem vorletzten des Jahres, rief Bandik alle Kinder der Warf zusammen und stürmte dann los, den Warfabhang hinunter und über die Fennen in Richtung auf das Südufer. Anke und Magda kamen langsamer hinterher, mit Rücksicht auf Martin, der nicht gewöhnt war, über Eis zu schlittern. Ab und zu rutschte er aus und fiel auf den Bauch, die Beine zur Seite weggestreckt.

»Er ist nicht nur klug, er ist auch tapfer«, stellte Magda stolz fest und hob ihn wieder einmal auf die Füße. Geduldig warteten sie, bis er sein Federkleid in Ordnung gebracht hatte.

»Ich möchte auch einen Ganter haben«, sagte Anke. »Oder besser noch eine Gans. Dann halten wir zusammen eine Herde und verkaufen die Eier nach Föhr.

Halliggänseeier schmecken mindestens genau so gut wie Halligbutter! Man braucht es den Hausfrauen in Wyk nur klarzumachen.«

»Gänsegeier«, sagte Magda träumerisch und wäre beinahe selber auf dem vereisten Gras hingeschlagen. »Ich möchte gerne einen sehen. Da muß man aber weit reisen, hat Großvater gesagt.«

»Ich sprach aber von Gänseeiern, nicht von Gänsegeiern«, versetzte Anke. »Guck mal, mein Bruder hält wieder Reden.«

Bandik war schon an der Halligkante, jedenfalls dort, wo das grüne Land aufhörte und sich Eisschollen bis zu Hüfthöhe aufeinander geschoben hatten. Wie ein Feldherr stand er auf der höchsten Erhebung, die Holzschuhe fest in das stumpfe, grieselige Eis eingegraben, und zeigte mit ausgestrecktem Arm zum Festland. »Dort«, sagte er zu den Kindern, die ihn umringten und aufmerksam zuhörten, »ist der Stollberg. Ihr könnt ihn sehen, wenn ihr genau hinschaut. Dort hat Knecht Ruprecht sein Schloß, in dem er die Geschenke aufbewahrt. Von dort kommt er morgen Nacht hierher.«

»Seit wann hat Knecht Ruprecht ein Schloß?« flüsterte Anke Magda ketzerisch ins Ohr.

»Hat Honke mit Knecht Ruprecht gesprochen?« fragte einer der Kleineren.

Bandik sah überlegen auf ihn hinunter. »Honke ist noch nicht zurück. Schließlich hat ihn seine kranke Großmutter zu sich gerufen, und er sitzt an ihrem Bett und tröstet sie. Bestimmt kommt er aber morgen Vormittag nach Hause und bringt Neuigkeiten von Knecht Ruprecht mit. Doch ich kann euch jetzt schon etwas versprechen ...«

»Was denn?« schrien die Kleinen im Chor. Ein Junge zupfte Bandik an der Jacke, um seiner Aufmerksamkeit sicher zu sein.

Anke hielt sich die Seiten vor Lachen. »Angeber!« prustete sie hinaus. Ihr entging aber nicht, daß auch Magda Bandik mit großen Augen zu bewundern schien.

»Das Eis ist so fest«, sagte Bandik triumphierend, »daß Knecht Ruprecht vom Stollberg geradewegs mit seinem Schlitten herwandern kann. Und der Sack, den er damit transportieren kann, ist viel größer als der, den er sonst auf dem Rücken trägt. Und was folgt daraus?«

»Bekommen wir dann vielleicht alle mehr Geschenke, Bandik?«

»Natürlich, Agnete. Genau das.« Bandik löste ein lautstarkes Freudengeheul aller Kinder aus, und er sah sich zufrieden um.

Bandiks Selbstgefälligkeit war ja kaum mehr zu überbieten! Anke fand sie geradezu unerträglich. »Woher weißt du das denn alles, Bandik?« reizte sie ihn. »Hast du dich etwa heute nacht schon mit Knecht Ruprecht getroffen?«

»So etwas weiß man, Schwesterchen, wenn man einen Kopf hat. Man rechnet es aus. Ganz einfach. Wenn man rechnen kann.«

Anke schwieg verärgert. An Bandiks Rechenkünsten gab es nichts zu kritteln. Jeder wußte, daß er der beste Rechner der Schule war. Sie warf den Kopf in die Höhe. »Komm, Magda, so einen Blödsinn hören wir uns doch nicht an! Was weiß denn Bandik, wie viele Geschenke Knecht Ruprecht bringt. Das weiß nur Kinken Jeses.« Sie drehte sich um und machte sich resolut auf den Rückweg.

Leider war hinter ihr nicht zu hören, ob jemand ihr folgte. Nicht das leiseste Schnattern. Schließlich blieb Anke stehen und drehte sich mit den Fäusten in der Taille und betont gelangweilter Miene um. Sie ärgerte sich, mehr noch über Magda als über Bandik. Magda war inzwischen auf eine andere hohe Eisscholle gestiegen. Trotzdem gab es keinen Zweifel, daß sie Bandik irgendwie anhimmelte. Anke schnaubte verächtlich.

»Glaubst du, daß wirklich nichts mehr dazwischenkommen kann, Bandik?« fragte Magda beunruhigt. »Vater weiß manchmal von einem Tag zum anderen nicht, ob er das Festland erreicht.«

Bandik schob die Unterlippe vor und betrachtete sie kritisch. Es dauerte eine Weile, bis er sich zu einer Antwort entschloß. »Na, ja. Dein Vater. Schließlich ist er kein Knecht Ruprecht.«

Ein Hauch von Abfälligkeit lag in Bandiks Bemerkung, den Anke leicht heraushörte, weil sie ihren Bruder schließlich kannte. Sie kicherte in ihren Handschuh hinein. Selbstzufrieden bemerkte sie, daß auch Magda nicht dumm war. Sie prustete vernehmlich, drehte sich um und rutschte am Eis bergab. Als sie wieder auf sicherem Boden stand, rannte sie Anke entgegen.

»Jungs in diesem Alter sind meistens unerträglich«, stellte Anke überlegen fest, insgeheim aber heilfroh über die wieder erneuerte Freundschaft. Magda nickte düster. Arm in Arm kehrten sie zur Warf zurück.

Martin schlitterte flatternd hinter ihnen her. Aber nun mußt er selber zusehen, wie er auf die Füße kam, wenn er ausrutschte.

Im Haus Bonken trafen die Mädchen auf Wirk Nommensen, der anscheinend gerade eingetroffen war. »Wir gehen, Magda«, sagte er knapp. »Ich will Heinke nur kurz Bescheid sagen.«

»Och, Vater, ich will aber noch nicht mit. Anke und ich haben uns noch längst nicht alles erzählt«, sagte Magda störrisch.

Wirk zog den Kopf ein und trat in die Küche; er knöpfte sich die Jacke nicht auf und behielt sogar die Mütze auf, obwohl es in der Küche warm war.

»Ich dachte, du würdest Magda erst morgen holen«, sagte Heinke und konnte gar nicht verbergen, daß sie gereizt war. »Weil du heute nämlich auf dem Festland bist, um meinen Brief abzuliefern. Dort kannst du doch noch gar nicht gewesen sein!«

»Nein, war ich auch nicht.«

»Aber der Brief ist eilig! Sönke muß es dir gesagt haben.«

»Hat er, hat er«, bestätigte Wirk. »Aber Vorschrift ist Vorschrift. Noch liegt der Brief bei Edlef, um abgefertigt zu werden. Außerdem habe ich in den einschlägigen Paragraphen der Reichspost nachgelesen. Dort steht, daß eine Zustellung von Briefen zwischen Weihnachten und Neujahr nicht unabdingbar ist.«

»Was heißt das genau?« erkundigte Heinke sich und bemühte sich, ihre Verzweiflung zu verbergen. Irgendwie war an diesem Weihnachten der Wurm in der Post.

»Ich muß nicht«, antwortete Wirk schlicht.

»Meine Mutter ist aber alt«, murmelte Heinke. »Vermutlich sorgt sie sich, wenn sie von uns nichts hört. Sie ist es gewohnt, immer an Weihnachten einen Brief zu bekommen.«

»Ja, wenn es um Leben und Tod ginge, das wäre etwas anderes«, versetzte Wirk großspurig. »Aber so! Ein einfacher Weihnachtsbrief! Nein! Jetzt nicht. Du hättest ihn früher schreiben sollen.«

Ja, dachte Heinke erbittert. In gewisser Weise war sie selbst schuld.

»Und jetzt komm«, befahl Wirk und reichte Magda die Hand. »Die Gans kannst du gerne hierlassen.«

»Martin will aber nicht«, sagte Magda in patzigem Ton. »Er kommt mit.« Sie dachte gar nicht daran, ihrem Vater die Hand zu reichen. Statt dessen umarmte sie Heinke und ließ sich von ihr küssen.

»Ausnahmsweise hat Bandik recht«, sagte Anke laut, als Wirk die Küchentür mit solchem Nachdruck hinter sich geschlossen hatte, daß eine weiße Gänsefeder im Spalt steckenblieb. »Wirk Nommensen ist wirklich kein Knecht Ruprecht! Faul ist er!«

An diesem vorletzten Abend des alten Jahres hatten nur die Männer gute Laune, Sönke, weil er sowieso meistens gut aufgelegt war, und Bandik, weil ... ja das wußte Heinke nicht so genau. Anke hatte ihr nur erzählt, daß er sich heute wieder einmal in der Rolle als

Anführer der Ketelswarfer Kinder sehr stark gefühlt hatte.

Irgendwie hatte dies Anke nicht gepaßt. Oder es war der Ärger, daß Wirk ihre Freundin vorzeitig abgeholt hatte. Heinke trat rhythmisch in die Pedale des Spinnrades und ließ die gewaschene Wolle durch die Finger laufen, während sie ihre Tochter verstohlen beobachtete.

Anke saß mit mürrischer, gelangweilter Miene am Tisch der Döns und spielte mit ihrem Bauernhof, der aus Muscheln, Schnecken und ein wenig Holz für die Einfriedungen bestand. Weiße Herzmuscheln waren die Schafe; die dicken Wellhornschnecken die Kühe und ein angetriebener Tannenzapfen das Pferd. Sie ließ den Tannenzapfen im Schneckentempo über die Tischplatte galoppieren.

»Möchtest du nicht auch eine Gänseherde haben?« fragte Bandik.

Er machte ein so betont harmloses Gesicht, daß Heinke die Stirn runzelte. Er führte irgend etwas im Schilde, da war sie sich sicher.

»Hast du eine?« fragte Anke lustlos zurück.

Statt einer Antwort griff Bandik in seine Hosentasche und holte etwas heraus, das er in der Hand verbarg. Aber plötzlich kullerten kleine dunkle Kugeln von Schafsdung zwischen die weißen Muscheln.

»Du bist gemein!« schrie Anke aufgebracht.

Sönke aber brach in erheitertes Gelächter aus, und Bandik, der darüber zuerst ganz erstaunt war, fiel ein. Vater und Sohn waren sich derart einig, daß es Heinke die Sprache verschlug.

Kapitel 7

Honke brauchte seine Augen nicht gegen die Sonne zu beschatten, um vom Stollberg zu den Halligen hinüber zu sehen, so wie er es am Tag davor hatte tun müssen. Da hatte die Sonne noch geschienen und die Stachelbeerbüsche im Garten seiner Verwandten hatten vor Frost geklirrt.

Nun trieben tiefe schwarze Wolken in schneller Folge über die See heran, und nicht ein Schimmer war von der Sonne zu sehen. Er mußte sich gegen den Wind stemmen, um sich auf den Füßen zu halten. Und Handschuhe waren unnötig, so warm war es über Nacht geworden.

Honke knurrte vor Verärgerung. Plötzlich entdeckte er neben sich einen Mann, den er nicht hatte kommen hören. Sehr merkwürdig.

Auf der Kuppe des Stollberges gab es nur das stattliche Mühlenanwesen, in dem die Tante von Honkes Mutter lebte, die kleine Kate eines Schäfers und einen Ulmenhain. Honke war über diesen Unbekannten und die Art, wie er erschienen war, zumindest erstaunt. »Moin«, grüßte er lahm.

»Moin, moin«, rief der Ankömmling gegen den Wind, ein alter Mann, wie sein stattlicher weißer Bart bewies, aber offensichtlich sonst noch ganz rüstig. »Unwirtliches Wetter heute, nicht wahr?«

»Sehr«, bestätigte Honke wortkarg und machte sich weiterhin Gedanken um den Fremden. Natürlich konnte es sein, daß er seine Kutsche auf der Straße im Schutz des Waldes hatte stehen lassen. Wahrscheinlich war es das. Honke beruhigte sich. Kein Grund, sich als Spökenkieker zu betätigen. »Es gibt heute noch Sturm«, fügte er, plötzlich gesprächig, hinzu.

»Ja, und hier oben auf dem Berg fühlt man sich dem Herrn im Himmel bei Sturm immer sehr nah.«

Er mußte ein Geistlicher sein. »So ist es, Herr ...«, bestätigte Honke fromm.

Der alte Mann schüttelte lächelnd den Kopf. »Ich bin kein Herr. Ich bin vielmehr der Knecht eines Herrn. Ruprecht ist mein Name.«

»Also, Herr Ruprecht. Mein Name ist Honke, Bauer auf Langeneß«, stellte er sich höflich vor. Zu seiner Verwunderung merkte Honke, daß sich Herr Ruprecht nun in besonderer Weise für ihn zu interessieren schien.

Er drehte der See den Rücken zu und stellte sich vor Honke, um im Windschutz seines eigenen Rückens mit ihm reden zu können. »Langeneß! Tatsächlich! Langeneß, wie schön. Honkenswarf mit sieben Kindern, alle jünger als sechs Jahre.«

»Woher wissen Sie das denn, Herr Ruprecht?« erkundigte sich Honke staunend. »Es stimmt.«

»Ich reise schon viele Jahre auf die Halligen und Inseln. Ich kenne alle Menschen.«

Offensichtlich war er einer von den schrulligen Wissenschaftlern, die sich die friesischen Märchen und Lieder anhörten, um sie aufzuschreiben. Oder ein bestimmtes Wort wiederholen ließen, das sie dann in einem kleinen schwarzen Büchlein notierten. Bei Honke war auch schon so einer gewesen, vielmehr bei seiner Mutter.

Honke nickte sachkundig. »Das trifft sich gut. Möglicherweise ist Ihnen dann ein Nis Puksen hier in der Gegend bekannt? Er wird dringend gesucht. Er hat einen wichtigen Brief geschrieben, den man nicht zustellen kann.«

»Nis Puksen. Nein, den gibt es nicht«, sagte Herr Ruprecht bestimmt. »Nur Nils Pörksen in Rosenkranz. Ich erwähne ihn wegen des Gleichklangs.«

Gleichklang. Ruprecht war wirklich Sprachforscher. »Aber es muß ihn geben!« Honke machte seiner Verärgerung über seine sinnlose Reise Luft, in dem er Ruprecht haarklein alles erzählte.

»So etwas.« Herr Ruprecht schüttelte erschüttert den Kopf.

Zufrieden bemerkte Honke, daß er Eindruck gemacht hatte. »Die Tante Stine meiner Mutter ist jedenfalls putzmunter und streitsüchtiger als sonst. Sie hat mir den Kopf gewaschen, weil ich an diesen heiligen Tagen meine Familie allein gelassen habe, statt mir zu danken, daß ich gekommen bin«, beendete er seinen Bericht.

»Und sogar in der letzten Nacht des Jahres wird die Familie jetzt ohne den Vater sein, wie es scheint«, fügte Herr Ruprecht teilnahmsvoll hinzu.

»Sie haben es auch schon gemerkt, obwohl Sie ganz sicher hier nicht zu Hause sind«, stimmte Honke erbittert zu und wischte sich den Regen aus dem Gesicht, der auf ihn niederzuprasseln begann. »Ja, so ist es. Es taut gewaltig. Der Hafenmeister von Bottschlott kam heute vormittag vorbei und erzählte, daß das Eis schon knackt und bricht. Eine Nacht warmes Wetter hat ausgereicht, um das Eis unsicher zu machen. Wäre ich nur gestern zurückgegangen, hätte ich es noch nach Hause geschafft!«

»Und warum sind Sie nicht zurückgegangen?«

»Weil Großtante Stine mich dazu drängen wollte«, antwortete Honke mürrisch. »Aber ich entscheide selber, was ich will.«

»Ja, Sie sind noch sehr jung. Und alte Leute manchmal sehr halsstarrig«, seufzte Herr Ruprecht.

Honke lachte leise. »Es scheint, als hätten Sie damit selber schon Erfahrungen gemacht, Herr Ruprecht.«

Ruprecht lächelte milde. »Ja, aber nicht ich habe zu klagen. Umgekehrt: Man hält mich für sehr hartnäckig. Darum verzeihen Sie mir, wenn ich Ihren Bericht nochmals zusammenfasse, um sicher zu sein, daß ich ihn richtig verstanden habe.«

Honke nickte verblüfft. Erstaunlich, wie sich diese Berliner, oder wo immer Ruprecht her kam, für die friesischen Angelegenheiten interessierten.

»Der Brief ging also an einen Adressaten, den man nicht finden kann, und er kam von einem Absender, den es nicht gibt.«

»Das behaupten Sie«, murrte Honke, ein wenig ungehalten.

»Aber das Transportmittel kennt man, sagten Sie?«

»Jawohl! Es heißt Martin und gehört neuerdings dem Postschiffer von Langeneß. Wem es vorher gehörte, ist unbekannt. Vielleicht auch dem Nis Puksen.« Nicht, daß Honke jemals auf die Idee gekommen wäre, eine fette Gans als Transportmittel anzusehen. Eher als Lebensmittel; um genau zu sein, als Weihnachtsbraten.

»Genial«, murmelte Herr Ruprecht glücklich. »Einfach genial! Leider muß ich mich jetzt verabschieden und kann unser unterhaltsames Gespräch nicht fortführen. Auf mich warten unaufschiebbare Aufgaben, sogar sehr eilige, wenn ich's recht bedenke. Auf Wiedersehen, Herr Honke.«

Wohl kaum, dachte Honke und sah Herrn Ruprecht nach, der mit wehendem Bart davonstrebte und dann so plötzlich verschwand, wie er erschienen war.

Bandik fixierte die Augen auf einen bestimmten Punkt im Eis, einen kleinen schmutzigen Hügel, auf dem ein schwarzweißer Austernfischer mit gelben Beinen stand. Die tiefste Ebbe war vorbei, und das Wasser lief gewiß schon auf. Dieses Mal war er allein zum Ufer gelaufen. Ihn plagte ein böser Verdacht, und es war ausgeschlossen, daß er jemanden daran teilhaben ließ. Besonders sorgsam war er Anke aus dem Weg gegangen, damit die Kleine nur nicht Unrat witterte.

Die Frage war nämlich, ob das Eis bis zum Abend halten würde. War es erst Nacht, fröre es gewiß wieder, und Knecht Ruprecht würde keine Schwierigkeit haben, herzukommen. Aber was war, wenn nicht? Bandik ballte die Fäuste und beobachtete den Vogel.

Nichts rührte sich. Das Eis bewegte sich nicht. Die Wärme in der Luft trog, irgendwie, und es war am Boden kälter, als man meinte.

Vorsichtig machte Bandik einige Schritte vom zerrissenen Grünland weg auf das salzige, verharschte Eis. Er konnte nicht erkennen, ob er sich noch auf dem schmalen Sandstreifen am Ufer befand oder schon auf dem Wasser. Er horchte und beobachtete und stellte fest, daß alles in Ordnung war.

Danach wurde er immer forscher und begab sich geradewegs hinaus in Richtung auf die Fahrrinne zwischen Langeneß und Butwehl. Er befand sich schon neben dem Steg, an dem die Butwehler Boote anzulegen pflegten, und das Eis hielt noch immer.

»Juchhu!!« schrie Bandik. »Willkommen, Knecht Ruprecht!«

Und dann sackte er nach unten weg. Es zog ihn senkrecht hinunter. Ungläubig starrte Bandik auf die Holzschuhe, die sich mit eisigem Wasser füllten, auf die Socken, die sich vollsogen. Er griff nach dem Steg, aber die Bohlen waren feucht, und seine Hand rutschte ab, und die ganze Zeit ging es abwärts.

Bandik bekam es mit der Angst zu tun, der Priel war voll Schlick und der Boden an der Anlegestelle wahrscheinlich weich, und wenn er erst bis zur Hüfte eingesunken war, gab es kein Entrinnen.

Das rechte Bein kam unter Schmatzen und Gurgeln frei, das linke war wie eingemauert. Mit beiden Händen griff er in treibende Eisklumpen, grisselige Körner, aber nichts gab ihm Halt.

»Hilfe!« brüllte Bandik.

Der Austernfischer hob ab.

Der Schlick griff nach ihm, und nirgendwo zeigte sich ein Mensch. Am letzten Tag des Jahres reparierte niemand Zäune auf den Fennen.

Bandik warf sich rückwärts und krachte durch die Schollen. Eiswasser drang ihm durch die Jacke, und der Hals wurde ihm eng. Er war verloren.

Aber auch sein linkes Bein war frei. Plötzlich spürte er unter seinen Fäusten den Schlickboden. Er stieg überraschend schnell an und war nicht so weich, wie er gedacht hatte. Bandiks Panik legte sich.

Zitternd rappelte er sich auf, tastete mit dem verbliebenen Schuh den Untergrund ab und bahnte sich den Weg durch das aufspringende Eis, das vom auflaufenden Wasser vorwärts geschoben wurde.

Erbittert und vor Kälte mit den Zähnen klappernd, hinkte Bandik nach Hause. Er sah nicht rechts und nicht links, und es war ihm völlig egal, ob seine bisherigen Bewunderer seine Schande bemerkten.

»Du bist ja durch und durch naß!« rief Heinke erschrocken. »Und wo ist dein Schuh, Bandik?«

»Habe das Eis geprüft«, hackte Bandik zwischen den blaugefrorenen Lippen heraus und zog die Küchentür mit dem Ellenbogen ins Schloß. »Aus... ausgeschlossen, daß Knecht Ruprecht heute Nacht kommt.«

»Ich freue mich, daß es mit dir nicht aus ist«, bemerkte Heinke, selber steif vor Schreck, bis Bewegung in sie kam und sie den Bettwärmer vom Haken holte. »Und ob Knecht Ruprecht kommt, überläßt du besser ihm selbst.«

Anke kauerte sich auf einen Küchenstuhl und begann lautlos zu weinen.

»Zieh dich aus, Bandik«, befahl Heinke, »und dann ab ins Bett!«

Ausnahmsweise gab Bandik keine Widerworte, und das wollte schon etwas heißen. Heinke ahnte, daß er in Gefahr gewesen war. »Hoffentlich holst du dir nicht etwas auf die Lunge«, sagte sie, als sie das Federbett sorgfältig unter ihm feststopfte. »Schlaf noch nicht ein, du bekommst erst einen heißen Tee zu trinken.«

Bandik sandte ihr einen düsteren Blick. »Aber ... nicht Zwiebelmus mit Ho... Honig«, brachte er unter Mühe heraus.

»Mutter«, schniefte Anke, als Bandiks Atemzüge so ruhig waren, daß man meinen mußte, er schliefe. »Mutter!«

Heinke setzte sich neben sie und zwang sich, nicht immerfort zu Bandik hinüber zu schauen.

»Bandik hat allen Kindern der Warf versprochen, daß Knecht Ruprecht in dieser Nacht besonders viele

Geschenke bringt, weil das Eis so dick ist. Kommt er jetzt gar nicht?«

Mein Gott, dachte Heinke. »Haben sie Bandik geglaubt?«

»Natürlich«, sagte Anke überrascht. »Du weißt doch, sie glauben ihm alles. Sogar Magda, und ich dachte schon, wir wären nicht mehr Freundinnen. Aber dann hat sie es sich überlegt, und Martin auch.«

»Welcher Martin?«

»Martin Ganter.«

»Kenne ich nicht«, sagte Heinke zerstreut und überlegte, ob sie Sönke bitten sollte, den anderen Vätern einen Hinweis zu geben, damit sie die hochgeschraubten Erwartungen ihrer Kinder ein wenig dämpften. Auf der anderen Seite hieße das möglicherweise, der Angelegenheit zu viel Gewicht beizumessen, was sie wiederum auch nicht wollte. »Na, ich glaube, wir lassen es auf sich beruhen. Aber gut, daß du mir es gesagt hast.«

Anke trocknete ihre Tränen. »Findest du Hühner auch langweilig, Mutter?«

»Nein, absolut nicht«, widersprach Heinke entschieden. »Vor allem ihre Eier nicht.«

»Gänse legen auch Eier«, sagte Anke listig.

»Zweifellos. Ich fände es deshalb sehr gut, wenn du dich im Frühjahr mehr um die Gelege der Brandgänse kümmern würdest.«

»Das macht doch Bandik.«

»Du könntest dir zum Beispiel ein eigenes Nest graben«, schlug Heinke freundlich, aber beharrlich vor, »um das sich Bandik keineswegs kümmern wird, weil es dir gehört.«

Bandik nieste und hustete gleich darauf aus tiefer Brust heraus.

Für einen Moment holperte Heinkes Herz einen entschieden falschen Rhythmus, und sie sandte einen stillen Hilferuf zum Himmel. Sie würde erst wieder froh sein, wenn es um so harmlose Dinge ginge, wie die, wem welches Brandgansnest gehörte. Im Augenblick jedoch war sie voller Sorge.

»Aber Brandgänse legen nur im Mai, außerdem sind sie wild, und was nützt das dann schon?«

Heinke hatte derzeit keinen Sinn für eine Diskussion über Gänse. Sie schüttelte den Kopf und holte sich dann den Korb mit Socken, die gestopft werden mußten.

Kapitel 8

Nis Puk erschlaffte mitten in einem besonders gewagten Purzelbaum und schlug mit dem Rücken auf das Stroh im Stallgang. Fast betäubt, setzte er sich auf, angelte nach seiner Mütze und dachte so tiefschürfend nach, daß er den Bauern Frerk überhörte.

Dessen Stiefel katapultierte ihn hoch in die Luft, und als Nis ein zweites Mal grob auf die Erde krachte, war er so zerknirscht wie noch nie in seinem Leben.

Er hatte Großmutter Stine vergessen. Vergessen auch den Ganter Martin, die Botschaft und Heinke. Stattdessen war er mit Gunilla bei den Hügelpuken gewesen und hatte sich mit ihnen über die Abreise der Nisse hinweggetröstet; anschließend hatte er sich zusammen mit Gunilla zu den Talpuken im Pukental begeben und sich mit ihnen gefreut, weil sich eine Großfamilie Tomtar für das nächste Weihnachtsfest angekündigt hatte.

Beinahe hätte man meinen können, Frerk hätte ihm eine Mahnung verpaßt, damit das Glück den Hof nicht verließ. Nis Puk rieb sich unglücklich das Hinterteil. Frerk hatte ja so recht!

Dann lief er hinüber ins Wohnhaus und schlüpfte in Großmutter Stines Schlafraum. Sie lag mit offenem Mund im Bett und schnarchte vernehmlich. Ihr Gebiß schwamm in einem durchsichtigen Trinkglas, und Nis mit seinem feinen Gehör vernahm gut, daß es sich etwas ziemlich Lustiges erzählte. Anschließend lachte es klappernd.

So schlimm konnte es also mit ihrer Gesundheit nicht stehen. Einen Augenblick lauschte er hinüber in die Döns, wo ebenfalls gekichert und geschwatzt wurde. Anscheinend waren sie alle dort versammelt, um das neue Jahr zu erwarten. Nur um Großmutter Stine kümmerte sich niemand.

Nis Puk zuckte zusammen. Ausgerechnet er durfte ihnen keine Vorwürfe machen. Bedächtig hüpfte er in langen Känguruhsprüngen zurück in seinen Verschlag und machte sich mit Feuereifer daran, die alten, ausgemusterten Stall-Laternen zu putzen. Eine hängte er nach draußen. Man konnte nie wissen, wer in dieser letzten Nacht des Jahres noch kommen würde.

»Ich könnte sie Martina nennen«, schlug Anke vor, während sie in ihrem Stuhl kauernd der Mutter zusah, die sich ohne Unterlaß um Bandik kümmerte, seitdem er naß nach Hause gekommen war. Die Stopfstrümpfe hatte sie wieder aus der Hand gelegt.

Bandik mußte sich völlig erschöpft haben, als er sich mit eigener Kraft aus dem Eis oder dem Wasser oder beidem herausgearbeitet hatte. Heinke wußte es nicht, denn er schlief, ohne aufzuwachen, schon ein paar Stunden. Immer wieder hatte sie den glühenden Dung im Bettwärmer erneuert, Bandiks Hände gewärmt und an seiner Stirn gefühlt, ob er Fieber hatte.

»Wen?«

»Die Gans, natürlich. Das paßt doch gut zu Martin, dem Ganter von Magda.«

»Hieß der Ganter Martin?«

»Ja, ich habe es dir doch schon erzählt, und stell dir vor, er ist ein Postganter. Eine weiße Gans, keine Brandgans!«

»Ach so«, sagte Heinke. Sie fand im Augenblick nichts Sinnvolleres zu tun, und so setzte sie sich wieder neben Anke. »Wir hatten zu Hause auch immer einen Gänserich, der Martin hieß. Sobald er sich anschickte, die Gänseschar zu führen, wurde er Martin genannt. Meine Mutter sorgte dann dafür, daß der alte Ganter entfernt wurde, damit es keinen Streit gab. Entfernen, sagte sie. Ich glaube, sie hat ihn zum Schlachten einem Nachbarn gegeben ...« Sie lächelte verloren in ihren Schoß hinunter.

Anke griff nach ihrer Hand, und Heinke sah auf. Ihre Tochter schien ganz aufgeregt zu sein.

»Deine Mutter heißt doch Stine?«

Heinke nickte.

»Und sie ist meine Großmutter Stine!«

»Ja, gewiß!«

»Kennst du einen Nis Puksen?« Anke zitterte vor Aufregung.

»Mutter erwähnte gelegentlich einen Nis Puk, aber nur mir gegenüber. Frerk, dein Onkel Frerk, wurde immer fuchsteufelswild, wenn er Mutter von den Unterirdischen sprechen hörte. Nis Puk gehört zum Kleinen Volk und sorgt schon seit einigen Jahrhunderten für das Glück auf dem Hof. Davor soll es einige Zeit keinen Puken auf dem Hof gegeben haben, weil der Hausherr so geizig war. Meinst du vielleicht diesen Nis Puk?«

Anke starrte sie mit offenem Mund an, bis sie ihn mit einem Klappen zuschlug. »Wenn Puken so alt werden und außerdem ihre Väter auch immer Puk heißen, ist es doch egal, ob sie sich Puksen oder Puk nennen! Dann kam der Brief von Großmutters Nis Puk und war für uns bestimmt!«

Heinke verlor für einen Augenblick die Sorge um Bandik aus den Augen. »Jetzt erzähle mir mal ganz genau, was mit diesem Brief ist.«

Und Anke erzählte. Das Postgeheimnis konnte unter solchen Umständen keine Geltung haben.

Als sie fertig war, brach Heinke in Tränen aus. Daß der Hof-Puk es für nötig ansah, sie auf diese ungewöhnliche und von der Reichspost bestimmt nicht gutgeheißene Weise um Hilfe zu rufen, konnte nichts Gutes bedeuten. Ihrer Mutter mußte es schlecht gehen. Nie hatte Nis Puk sich vorher mit ihr verständigt, dagegen hatte sie zuweilen den Eindruck gehabt, ihre Mutter könne ihn sehen.

Aber darüber sprach man nicht. Frerk hätte seine Stiefmutter auf der Stelle für altersverwirrt erklärt. Wenn nicht sogar für altersschwachsinnig. Oder gleich schwachsinnig.

Heinke fiel etwas ein. Sie sprang auf und rannte in den Stall, wo Sönke immer noch beim Großreinemachen war. Der Stallgang glänzte auf ein paar Meter schon so, daß Heinke beinahe ausgerutscht wäre.

»Langsam, Mädchen«, brummelte Sönke.

»Sönke, glaubst du, daß man heute noch zum Festland hinüber kann?« fragte sie atemlos. »Irgendwie. Zu Fuß, im Boot, im Luftschiff ...«

»Ausgeschlossen!«

»Mein Gott!« Heinke legte ihre Hände an die Wangen und sah Sönke erschreckt an. »Diese Gans, der

Martin ... Es war eine Botschaft für uns. Mutter ist krank! Und Bandik auch.«

Nis Puk hatte sich gerade das Zaumzeug des Braunen vorgenommen, er wienerte das Fett in die alten Riemen, daß sein Arm flog. Leise quietschte der obere Flügel der Stalltür in den Angeln, was Nis an seine nächste Aufgabe erinnerte. Vor Mitternacht mußte er die Eisen noch ölen; es kam nicht in Frage, diese Arbeit bis zum nächsten Jahr zu verschieben.

Warum ging der Türflügel überhaupt auf? Er blickte hoch.

Anfangs sah er nur einen wuscheligen weißen Teppich, der prächtig mehreren zehnköpfigen Mäusefamilien Platz geboten hätte. Ein langer Bart. Und darüber befanden sich eine kräftige, sympathische Nase, fast schon eine ausdrucksstarke Pukenknollennase, und zwei sehr blaue Augen.

Aber der Mann war kein Puk. Vielmehr war er ein Herr. Bei den Menschen war eine derartig imponierende Gestalt immer ein Herr. Nis hatte ihn noch nie gesehen. Wollte er Vieh aufkaufen? Nein, die Viehhändler sahen anders aus.

Merkwürdige Besuchszeit. So etwas gehörte sich nicht, da mußte er Frerk recht geben, der den Herrn überdies gleich hinauswerfen würde. Nis schüttelte ungestüm den Kopf, spuckte kurz auf das Leder und polierte weiter.

»Eine gesegnete, friedvolle Nacht«, wünschte der Fremde.

Ja, dachte Nis, aber wirklich gesegnet wäre sie erst, wenn Großmutter Stine Nachricht von den Langenessern hätte. Dann warf er vor Schreck Bürste und Zügel von sich und flüchtete mit einem Riesensatz. Mit wem hatte der Herr mit dem Mäusenest eigentlich gesprochen? Es war doch außer ihm niemand im Stall!

»Guten Abend, Nis Puk. Darf ich hereinkommen?«

Nis hockte wie ein Häuflein Elend in seinem Kummet und äugte zutiefst erschrocken zur Tür. Er war sichtbar für Menschen geworden! Vermutlich eine Strafe für die grobe Vernachlässigung von Pukenpflichten, auch wenn er davon noch nie gehört hatte. Wahrscheinlich war er der Präzedenzfall in einer Welt, in der es neuerdings Lokomotiven und Automobile gab.

Schwächlich winkte er den Besucher herein. Er war bereit, alles auf sich zu nehmen, wenn er nur auf dem Hof bleiben durfte. »Bitte, bitte«, murmelte er.

»Ich bin Knecht Ruprecht«, sagte der Herr und trat bedächtig näher, ohne Nis aus den Augen zu lassen. »Es geht um die Kinder auf den Halligen. Ich brauche deine Hilfe.«

Bis Mitternacht des Altjahrsabends war es nicht mehr weit. Die Familie Petersen saß immer noch in der Döns, und mitunter dröhnte Frerks Lachen, daß der Boden erzitterte.

Nis Puk tappte leise wie eine Maus den Gang entlang, und der große schwere Knecht Ruprecht schwebte geradezu lautlos hinter ihm her. Großmutter Stine saß aufrecht an zwei dicke Kissen gelehnt und schien sie schon zu erwarten.

»Guten Abend«, grüßte Herr Ruprecht und verbeugte sich. »Entschuldigen Sie, daß ich zu dieser Zeit komme. Ich bin Knecht Ruprecht.«

»Zweifellos«, sagte Großmutter Stine und betrachtete ihn wohlwollend. »Und wann sollten Sie sonst kommen? Moin, Herr Ruprecht, willkommen. Moin, Nis Puk.«

»Woher weiß Großmutter?« fragte Nis Puk verlegen, mit der Zipfelmütze in der Hand. »Bin ich jetzt für alle sichtbar geworden? Kann Großmutter mich etwa auch sehen?«

»Wer so alt ist wie ich, sieht viel. Aber laß die ehrerbietige Anrede, Nis, im *Sylter Intelligenzblatt* steht, daß sie außer auf den Halligen ganz aus der Mode gekommen ist. Außerdem bist du älter als ich.«

»In Ordnung, Stine«, sagte Nis und sprang auf das Federkissen, um es sich dort gemütlich zu machen. »Wir, der Herr Ruprecht und ich, haben einen Plan gemacht, damit für die Halligkinder nicht heute nacht die Bescherung ausfällt. Das wäre ja gräßlich!«

»Das wäre es«, bestätigte Großmutter Stine. »Ich habe auch schon den ganzen Tag darüber nachgedacht. Ich wüßte ja, was Anke und Bandik sich wünschen. Bei den anderen Halligkindern weiß ich nicht so Bescheid. Aber das Hinschicken ist das Problem! Ich fühle bis in die Knochen, daß das Eis aufbricht.«

»Es gibt keine Probleme, die sich nicht lösen ließen, Großmutter Stine, wenn man tüchtig darüber nachdenkt«, flocht Knecht Ruprecht ein.

»Und das haben wir. Wir werden fliegen.« Nis sprang in die Höhe, schlug mit den Händen aus als hätte er neuerdings Flügelchen, und ließ sich wieder in seine Kuhle im Federbett zurücksinken.

»Fliegen«, staunte Großmutter Stine, die ihm mit den Augen gefolgt war.

»Jawohl, fliegen«, bestätigte Nis Puk zufrieden.

»Was die Kinder sich wünschen, ist nicht schwierig zu wissen«, erklärte Knecht Ruprecht. »Nur manchmal gibt es Ausnahmen. Da muß man dann Phantasie beweisen, das ist meine Aufgabe.«

»Herr Ruprecht wird in Windeseile besorgen, was benötigt wird«, sagte Nis Puk. »Ich werde in der Zeit die Flugapparate fertig machen.«

»Heißen die so?« fragte Großmutter Stine.

»Jawohl, im *Sylter Intelligenzblatt* heißen die so.«

»Das hört sich aber nicht sehr nach Bescherung an«, widersprach Großmutter Stine mit gerunzelter Stirn. »Eher wie ...« Ihr fiel nichts ein.

»Lokomotive«, half Nis aus.

»Oder Telegrafenapparat.«

»All das ist es nicht«, versetzte Nis geheimnisvoll und kicherte ein wenig. »Du wirst schon sehen ...«

»Die Wünsche«, mahnte Ruprecht. »Es wird Zeit.«

»Oh, ja.« Stine rückte sich erwartungsvoll zurecht. »Bücher. Beide Kinder sollen ein Buch haben. Bandik braucht ein großes Nachschlagewerk, in dem alles drin steht, was er wissen will, von Telegrafenapparat bis ...«

»Flugapparat«, ergänzte Nis.

»Genau! Und Anke braucht eine Anleitung für die junge Kaufmannsfrau. Alles, was man wissen muß, um ein kleines Geschäft zu führen. Vielleicht eröffnet sie ja den ersten Kaufmannsladen auf der Hallig.«

»Ein strebsames Kind«, stellte Ruprecht fest. »Bücher. Das ist ziemlich schwierig, doch ich werde sehen, was sich tun läßt. Zu dieser Zeit sind nur noch wenige Buchhandlungen offen.«

»Aber Probleme ..., und so weiter«, sagte Nis, in Großmutters Bett auf und nieder federnd. »Ich glaube, ich schaffe mir auch ein Federbett an. Man muß mit der Zeit gehen.«

Knecht Ruprecht erhob sich und klatschte mahnend in die Hände. »An die Arbeit!« befahl er.

Nis Puk machte einen erschrockenen Satz und wäre beinahe im Zahnputzglas gelandet. Zum Glück war es jetzt leer.

Nis Puk war ein großartiger Planer, wie er selbst feststellen mußte. Noch vor Mitternacht waren alle Hügel- und Talpuken im Stall von Bauer Frerk Petersen versammelt. Er erklärte ihnen, was benötigt wurde, dann schwärmten sie über ganz Sylt aus.

Gunilla blieb bei Nis Puk, um Kaffee zu kochen.

Sie hatten ihn gerade getrunken, als ein gewaltiges Flügelschlagen sie nach draußen vor den Stall rief. Nis eilte aus der Tür. Als er sah, daß die Flugapparate vollzählig versammelt waren, sprang er auf eine Regenwassertonne, um sich Gehör zu verschaffen. »Fein, daß ihr da seid, meine Freunde«, rief er.

Die Ringelgänse schnatterten aus vollen Kehlen, um Nis Puks Gruß zu erwidern.

»Was soll das heißen!« unterbrach ein wütendes Gebrüll von Bauer Frerk die Begrüßung. Mit der Mistgabe in der Hand, hatte er sich in seiner Stalltür aufgepflanzt, als gälte es den Hof gegen eine Invasion von Feinden zu verteidigen.

Der ganze Hofplatz zwischen Wohnhaus, Stall und

Scheune füllte sich mit Ringelgänsen, die heran drängten, um den Bauern ausgiebig zu beäugen sowie Meinungen über ihn und andere Neuigkeiten auszutauschen.

»Ihr Satansbraten wollt mir jetzt wohl das letzte Härchen vom Kopf fressen!« schrie Frerk außer sich vor Wut.

Nis Puk kicherte in seine zusammengelegten Hände hinein. Frerk trug unter der blauen Schirmmütze eine glänzende Glatze. Da war nichts, was gefressen werden konnte.

Die jüngste Tochter des Hauses kroch unter Frerks Arm hindurch in den Hof und sah sich staunend um. Das Schnattern schwoll immer noch an, und Frerk protestierte nun lauthals, ohne daß ein Tönchen zu hören war.

Das ging zu weit, fand auch Nis Puk. Schließlich waren die Gänse hier Gäste. Er breitete die Hände aus. Auf der Stelle stellten alle das Schwatzen ein und schauten ihn erwartungsvoll an.

»Vater«, sagte das kleine Mädchen in die Stille, »ich finde, auch Tiere sollten nicht hungern. Schließlich ist es die letzte heilige Nacht von zwölf. Und sie verlangen ja gar keine Schweinebacke mit süßen Kartoffeln und Grünkohl.«

»Das wäre ja auch noch schöner!« brüllte Frerk.

»Ich glaube, sie möchten einfach nur das Gras auf dem Hofplatz haben.«

»Warum ausgerechnet meines?« murrte Frerk.

»Weil Hof Petersen in Kampen überall bekannt ist, Vater, das sagst du doch selber immer!«

Frerk stellte die Mistgabel an die Wand, schob seine Tochter in den Stallgang und schlug die Tür hinter sich zu.

Gut gemacht, Kleine, dachte Nis Puk und nahm sich vor, sie im Auge zu behalten. »Eine gute Familie«, rief er. »Das Mädchen hat ja so recht! Aber ich weiß, wo es viel besseres Gras gibt ... Nebenbei könntet ihr mir dann einen kleinen Gefallen tun.«

Kapitel 9

Die letzte Altjahresnacht wurde für Familie Bonken die schlimmste Nacht dieses Jahres. Bandik fieberte, dazu kam die Sorge um Großmutter Stine, die krank war und außerdem schon alt. Und da konnte man nie wissen ...

Heinke hatte zwar Anke ins Bett geschickt, aber selber mochte sie sich nicht schlafen legen. Sie saß im Sessel, den sie sich an den Herd geschoben hatte, und schaute betrübt auf Ankes Schuh und Bandiks Teller, den sie ihm als Ersatz für seinen nassen Schuh auf die Fensterbank gestellt hatte. Beide waren leer.

Die Kinder würden am Neujahrsmorgen leider nichts anderes darin finden als einen Apfel, einige Haselnüsse und Pfefferkuchen. Es tat ihr so unendlich leid, sie derart enttäuschen zu müssen.

Sönke, der sorgenvoll zwischen Döns und Küche hin und her wanderte, kam und legte ihr den Arm um die Schultern. »Im kommenden Jahr wird es wieder besser«, tröstete er sie. »Diese Verkettung unglücklicher

Umstände war eher ungewöhnlich, finde ich. Gottlob ist es nicht normal, daß es so schlimm ist.«

»Ja«, sagte Heinke mutlos. »Nein.«

Sönke richtete sich auf und lauschte einen Augenblick nach draußen. »Irgendwie ist mir so merkwürdig zumute«, befand er. »Als würde heute noch etwas geschehen.«

»Ich wäre froh, wenn das Geschehen darin bestünde, daß Bandiks Fieber sinkt«, sagte Heinke und sah zum Alkoven hinüber. Bandik rührte sich unruhig und hustete. »Er fühlt sich sehr heiß an.«

»Ich sehe mal ins Wetter hinein«, murmelte Sönke und verließ die Küche.

Einen Augenblick später rief Sönke nach ihr. Heinke warf sich ein Tuch über die Schultern und lief zur Vordertür hinaus. Sönke stand mit der brennenden Laterne mitten im Gemüsegarten und lauschte, ohne sich zu rühren.

Nun hörte auch Heinke das ferne Rauschen.

»Eine Springflut! Um Gottes willen!« rief Heinke, fast in Panik. »Wir müssen uns auf den Dachboden retten!«

»Unsinn, Heinke. Hör doch mal. Das Geräusch kommt von Osten! Da baut sich doch keine Springflut auf. Außerdem ist Windstille.« Sönke begann die

Laterne im Halbkreis zu schwingen und spähte angestrengt ins Dunkle.

Heinke entspannte sich. Stimmt. Flut war Unsinn. Dann staunte sie ihren Mann an. Als ob er jemandem ein Signal geben wollte. Sie vermutete, daß er selber nicht wußte, warum er das tat.

Dann erschrak sie erneut. Vor den gedämpft scheinenden Mond schob sich eine dichte schwarze Wand, und das Rauschen schwoll zu einem Inferno an, das sehr wohl an einen Sturm erinnerte. Als wären in dieser letzten Altjahresnacht wirklich die bösen Mächte unterwegs, von denen in Märchen die Rede war.

Aber plötzlich löste sich der Schatten auf, der Mond schien wieder, und es wurde still, wenn man von dem leisen Schnattern absah, das von den Fennen zu hören war. Und in Heinkes Gemüsegarten wanderten fünf Ringelgänse herum. Sie öffnete den Mund, um zu protestieren. Dann schloß sie ihn wieder. Immerhin benutzten die Gänse manierlich die Trampelpfade zwischen den Beeten.

Alle Gänse waren beladen mit Paketen und Tüten, nur eine trug einen kleinen Kerl mit Zipfelmütze, der absprang und auf Heinke zukam. Sie erkannte ihn sofort. Nis Puk!

Dann korrigierte sie sich. Sie konnte ihn gar nicht erkennen. Puken sind unsichtbar.

»Eine gesegnete Nacht«, wünschte Nis Puk höflich. »Großmutter Stine und Knecht Ruprecht lassen herzlich grüßen. Der Herr Ruprecht insbesondere läßt sich außerdem entschuldigen, daß er wegen des schlechten Wetters nicht selber kommen kann. Er hat uns gebeten, ihn zu vertreten.«

»Eine gesegnete Nacht, ebenfalls. Wer ist uns?« stammelte Heinke.

Nis Puk wies mit ausladender Gebärde, die die ganze Hallig umfaßte, hinter sich. »Die Puken und die Ringelgänse. Da unten ist alles voll von ihnen. Sie erholen sich für einen Augenblick, dann machen sie sich auf zu den Warfen, um die Kinder zu bescheren. Sie sind in Gruppen eingeteilt und wissen Bescheid, wo sie hinsollen.«

»Sie wissen Bescheid«, wiederholte Heinke, völlig unsinnig, wie ihr selber aufging.

»Mit wem redest du eigentlich?« fragte Sönke und konnte sich an den wilden Gänsen, die sich anständiger als Hausgänse benahmen, gar nicht sattsehen.

»Mit Nis Puk«, antwortete Heinke verlegen.

»Wenn die Gänse nicht hier wären, würde ich behaupten: mit Nis Spuk.« Aber Sönke sagte es ohne Überheblichkeit, sogar eher liebevoll, und daher strafte Nis Puk ihn lediglich mit einem strengen Seitenblick.

»Das ist nicht alles«, fuhr er fort. »Großmutter Stine

möchte sicher sein, daß es euch gutgeht und bittet um eine Nachricht.«

»Ist sie sehr schwer krank?« fragte Heinke angstvoll.

»Schwer krank?« fragte Nis Puk erstaunt zurück. »Das glaube ich nicht. Als wir abflogen, stand sie im Hof und winkte uns mit beiden Händen nach.«

»Sie hatte nicht einmal ihr Gebiß vergessen«, wisperte es hinter Nis Puks Rücken.

Nis Puk zog eine kleine Person hinter sich hervor, die sich nur durch ihre Tracht von ihm unterschied. »Das ist meine Gunilla«, erklärte er strahlend. »Wir werden bald heiraten.«

Heinke starrte bewundernd das leuchtend gelbe und blaue Kleid des Mädchens an. »Wie schön«, sagte sie, »dann wird es im Hof Petersen in Kampen ja in Zukunft doppeltes Glück geben. Ich gratuliere ganz herzlich.«

»Danke, Heinke«, und »tack sa mycket, tant Heinke«, sagten beide aus einem Mund, und Gunilla machte dazu einen tiefen Knicks.

»Man konnte Martin leider nicht darum bitten, mit einer Antwort zurückzukehren«, nahm Nis Puk den Faden wieder auf. »Sein Leib und Leben waren in Gefahr. Will sagen, Bauer Frerk hatte Appetit auf Gänsebraten.«

»Daß mein Stiefbruder einem so netten Ganter an

den Kragen wollte, sieht ihm ähnlich«, sagte Heinke zürnend, um gleich milder fortzufahren: »Dann war die Botschaft tatsächlich für uns. Ich wußte nicht so recht, ob ich Ankes phantastische Erzählung darauf zurückführen sollte, daß sie versuchte, es Bandik gleichzutun. Er führt gerne andere an, und es gab ein wenig Ärger zwischen beiden Kindern ...«

»Hat die Botschaft euch denn nicht erreicht?« fragte Nis erschrocken.

»Auf Umwegen, gewissermaßen. Martin kam zu Fuß und mit Verspätung.«

»Ja, der beste Flieger ist er nicht«, erklärte Nis bekümmert. »Zu viel Schrot. Aber er war sicher, daß er es nach Langeneß schaffen würde.«

»Das hat er«, bestätigte Heinke.

»Dann ist es ja gut. Und jetzt möchten wir gerne unseren Auftrag erledigen«, sagte Nis Puk in geschäftsmäßigem Ton. Er eilte zu den Gänsen, die sich inzwischen in einer Reihe aufgestellt hatten, und begann die erste zu entladen.

»Wenn ich die Geschenke nicht mit eigenen Augen sähe ...«, sagte Sönke kopfschüttelnd, ohne den Satz zu beenden, während er den Arm um Heinke legte.

»Oh, der Brief für meine Mutter«, rief Heinke und befreite sich aus seinem Arm, um ins Haus zu laufen. Glücklicherweise hatte sie vorsorglich einen zweiten geschrieben, für den Fall, daß sich eine schnellere Gelegenheit als die Reichspost ergäbe.

Als sie in den Garten zurückkehrte, hatte sich die Gänseschar auf der Fenne bereits gelichtet. In kleinen Gruppen flogen Knecht Ruprechts Boten bereits die Warfen auf Nordmarsch, Butwehl und Langeneß an. Merkwürdigerweise schienen alle Eltern inzwischen Bescheid zu wissen. Überall leuchteten Laternen und wiesen den Puken den Weg.

»Es ist das Wunder einer gesegneten Nacht«, sagte Heinke.

Die Ringelgänse waren auf dem Rückflug ohne die schweren Lasten pfeilschnell. Als sie die Puken auf dem Hof Petersen absetzten, entdeckten sie den reichlich mit Schrot bestreuten Stallgang.

Aber vor der Tür stand der Bauer. Gemächlich griff er zu seiner Forke. Die Gänse, die zum Futter strebten, blieben abrupt stehen und sahen einander unsicher an.

»Laß die Gänse in Ruhe, Frerk«, sagte Großmutter Stine, die den Stallgang mit einem Besenstiel abgesperrt hatte. »Ich weiß, was ich tue. In dieser Nacht hast du hier nichts zu suchen. Geh in die Stube zurück.«

»Es ist mein Hof«, behauptete Frerk.

»Wirklich?« fragte Großmutter Stine. »Oder glaubst du das nur?«

Frerk sperrte den Mund auf.

»Wer geht denn abends als letzter durch den Stall? Wer überprüft, daß alle Tiere Futter haben? Daß sie angebunden sind? Daß keine Kerze brennt?«

»Ich weiß nicht, Oma.« Frerk sah ziemlich dümmlich aus.

Großmutter Stine nickte. »Eben.«

»Sie sind immer angebunden. Und Kerzen brennen nie!« behauptete Frerk ziemlich lahm.

»Genau, und zwar weil Nis Puk bindet. Und löscht.«

Frerks Gesicht wurde dunkelrot vor Zorn. »Ich verbiete dir, von Unterirdischen zu reden! Es gibt keinen Nis Puk!«

»Hast du schon einmal einen Flugapparat gesehen, Frerk?« fragte Großmutter Stine überraschend.

»Nein, Oma. Und was soll deine Frage überhaupt? Bist du jetzt ganz tüdelig geworden?«

»Aber du gibst zu, daß es Flugapparate gibt, auch wenn du noch keinen gesehen hast, Frerk? Im *Sylter Intelligenzblatt* stand im vorigen Jahr, daß ein Zeppelin beim Jungfernflug abgestürzt ist.«

»Fasele nicht von Dingen, von denen du nichts verstehst«, schnauzte Frerk. »Überhaupt weiß ich nicht, wie du jetzt darauf kommst.«

»Das kann ich mir denken«, sagte Großmutter Stine freundlich. »Ich wollte dich nur darauf hinweisen, daß es Dinge gibt, die du nicht siehst. Und so gibt es auch Nis Puk. Er ist derjenige, der das Glück auf dem Hof festhält. Nicht wahr?«

Nis Puk nickte nachdrücklich, während Frerk die Zähne bleckte.

»Deshalb«, fuhr Großmutter Stine schon fast siegesgewiß fort, »fordere ich für die Zukunft an jedem Weihnachtsabend zwei Schüsseln Grütze für die Puken und Nisse und Tomte. Und zwei Pfund Butter! Und Schrot für Ringelgänse, wo wir schon dabei sind.«

Bauer Frerk griff sich an den Kopf und wankte auf den Füßen.

Das Schnattern der Gänse und das Murmeln der Kleinen Leute ließen keinen Widerspruch zu. Frerks jüngste Tochter rannte zu Großmutter Stine und drückte sie ganz fest. »Du hast ja so recht, Oma«, sagte sie.

Frerk warf ihr einen abgrundbösen Blick zu, stieß die Forke in den Boden und stampfte zur Vordertür unter dem Giebel.

Als er im Haus verschwunden war, drehte Nis Puk vor Freude wieder einmal eine Runde an der Wetterfahne.

»Das wäre ein für allemal geklärt«, stellte Großmutter Stine fest, als Nis Puk wieder neben ihr stand, und klatschte ermunternd in die Hände. »Kommt, ihr Gänse und Puken. Und das Tomtemädchen Gunilla an meine Seite! Schließlich muß ich wissen, wer hier in den nächsten Jahrhunderten wirtschaften wird.«

Alle Puken fanden im Verschlag Platz, obwohl die größte Grützschüssel, die man jemals gesehen hat, dort auf sie wartete. Und darin schwamm ein so herrlich großer Butterklumpen, daß sich alle kleinen Leute zugleich die Lippen leckten.

Neben dem Tisch mit der Schüssel saß in einem bequemen Ohrensessel Knecht Ruprecht. Zufrieden zündete er sich seine Pfeife an, als das große Schlemmen der Puken begann. Auch Großmutter Stine sah glücklich zu und unterhielt sich mal mit ihm und mal mit Gunilla. An den Kaffee würden sich auf dem Hof schließlich auch alle gewöhnen, da war Stine sich sicher ...

Das Fest war auf dem Höhepunkt, als Nis Puk aufstand, um eine Dankesrede zu halten. Und weil alle Puken und Gänse gerade ergriffen schwiegen, drangen Jubelrufe, die von weit her zu kommen schienen, in den Stall.

»Die Halligkinder«, sagte Knecht Ruprecht andächtig. »Hört, wie sie sich freuen!«

Der Stiefel und der Teller quollen über vor Gaben, sogar auf der Fensterbank lagen noch Pfeffernüsse und Pflaumen. Anke und Bandik starrten die Bescherung mit großen Augen an, Bandik vergaß sogar, sich die Schnupfennase zu wischen.

»Zwei Bücher. Und zwei Apfelsinen in Mohrenpapier. Ich glaube, ich träume!« Anke streckte ganz vorsichtig die Hand aus, damit die Gaben sich nicht etwa in Luft auflösten.

»Ein Buch für mich!« rief Bandik begeistert.

Beide Kinder widmeten sich ihren Geschenken, und für einen Augenblick trat Stille ein. Heinke wechselte einen Blick mit Sönke, unendlich dankbar, daß Bandik bei seinem Unfall nur eine Erkältung davongetragen hatte.

»Ein Gänseei könnte ungefähr fünf Pfennig bringen«, sagte Anke, nachdem sie das dickere Buch ausgepackt und eine Weile darin studiert hatte. »Mutter, hör doch mal! Und wenn wir sie in Wasserglas einlegen, ungefähr zehn Eier pro Steinguttopf. Warte, das ergibt ...«

»Fünfzig Pfennig pro Topf. Und was mußt du für die Fahrt nach Wyk bezahlen?« fragte Bandik und sah von seinem Lexikon auf.

»Stimmt. Das lohnt nicht«, sagte Anke bedächtig. »Also müssen wir die Eier hier auf der Hallig verkaufen. Als Käufer wüßte ich die Badeleute von Föhr und Amrum. Die haben doch Hunger, wenn sie die Hallig besichtigt haben, oder, Mutter?«

Heinke nickte und schmunzelte in sich hinein. Sie freute sich, nicht nur mit den Kindern, sondern auch über sie. Beide hatten in den letzten Wochen viel hinzugelernt. »Meinetwegen«, sagte sie nachgiebig. »Magdas Ganter Martin hat eine eigene Familie verdient. Schließlich hat er sich die Füße wund gelaufen, um uns zu benachrichtigen.«

»Könnten wir nicht einen Landesteg bauen, Vater, damit Ankes Badeleute bei uns an der Ketelswarf an Land gehen? Wenn die nur auf Nordmarsch umherspazieren, merken sie ja gar nicht, daß Anke sie verköstigen kann.«

»Ja!« schrie Anke begeistert. »Das ist eine gute Idee, Bandik!«

»Gar nicht schlecht«, stimmte Sönke anerkennend zu. »Vielleicht könnte man in Zukunft auf diese Weise etwas zum Unterhalt der Familie beitragen.«

»Ich könnte Aale räuchern, die Anke dann auch verkauft!«

»Und im Mai frische Möweneier und im Juli Champignons.

Bandik und Anke waren sich von Herzen einig. Heinke konnte geradezu sehen, wie ihre Ideen sprudelten. »Was steht denn in dem anderen Buch, Anke?« erkundigte sie sich, damit ihre Familie nicht vor Begeisterung alles andere vergaß.

Anke packte es aus. Etwas verblüfft blätterte sie in den bebilderten Seiten, bis sie auf eine stieß, die sie mehr als die anderen interessierte. »Ein Gänsegeier«, las sie laut vor. »Jetzt weiß ich, was mit dem Tierbuch ist. Das sollte bestimmt nicht zu mir, sondern zu Magda. Irgendwer hat sich bei der Zustellung geirrt.«

Heinke legte eine Wange in die Hand und lachte und lachte. »Selbst wenn Knecht Ruprecht, Nis Puk und Mutter sich zusammentun, die doch alle kluge Leute sind, passieren kleine Irrtümer. Nicht nur einem Ganter, der zu gut im Futter steht.«

»Ich weiß noch einen Irrtum«, sagte Anke fröhlich und reichte Bandik eine Apfelsine. Das Einwickelpapier schwebte fort und landete auf dem Fußboden. Sie sprang ihm nach und hob es auf und glättete sorgfältig den aufgedruckten Mohrenkopf, ganz wie es einer sparsamen Kaufmannsfrau zukommt.

Heinke wechselte mit Sönke einen langen Blick. Es ist in diesem Jahr eine besonders gesegnete Weihnachtszeit gewesen, dachte sie versonnen.

Kleines Glossar

Ack – gepflasterte Wirtschaftsfläche auf der Warf

Badeleute – zeitgenössisch für Gäste auf Föhr und Amrum, die auch die Halligen besichtigten

Bilegger – eiserner Ofen in der Döns, der von der Küche aus beheizt wurde

Ditten – Heizmaterial aus Kuh- und Schafdung

Döns – beheizte Wohnstube

Fenne – Weidefläche

Fething – Regenwasserspeicher innerhalb der Warf, Tränkwasser für das Vieh

Heuklamp – vor dem Haus aufgeschichtetes und festgebundenes Heu

Jöölboom – (Sylt; Kenkenboom auf Föhr) hölzernes Weihnachtsgestell, an dem das Gestaltengebäck aufgehängt wird

Kinken Jeses – Jesuskindlein

Kummet – Geschirr für Zugtiere

Meedland – zum Mähen, also zur Heuernte bestimmtes Land

Pesel – ungeheizte, »gute« Stube

Porren – Garnelen

Sood – Zisterne für Regenwasser, Trinkwasser der Menschen

Starke – Färse, Jungrind, das noch nicht gekalbt hat

Stock – Brücke aus 1 oder 2 Planken über einen Priel

Warf – künstliche Hügel, auf die die Häuser gebaut wurden

Zeit der Zwölften – 24. Dezember bis 6. Januar, Zeit des Stillstandes des Zeitenrades

Karin Hartig

Die vegetarische Weihnachtsgans

Eine Geschichte

108 Seiten. Gebunden
ISBN 3-352-00567-2

Weihnachten – das Fest der Liebe und Besinnlichkeit? Nun, für Juliane Gerber, ihres Zeichens Buchhändlerin, beginnt der Weihnachtsstreß schon Anfang Dezember, aber nicht mit Einkaufstrubel oder Verwandtenbesuch, sondern mit einem Preis, den ihr Mann bei einer Tombola gewinnt. Denn der vermeintliche Festtagsbraten erweist sich als ein ausgewachsener Gänserich, der sich offenbar nicht nur vorgenommen hat, den Familienhund in Angst und Schrecken zu versetzen, sondern auch für ein unvergleichlich turbulentes Weihnachtsfest zu sorgen.

Eine heiter-besinnliche Weihnachtsgeschichte zum Vorlesen und Selberlesen.

R&L

Rütten & Loening

Friedrich Wolf
Die Weihnachtsgans Auguste

Mit Bildern von Willi Glasauer

32 Seiten. Gebunden
ISBN 3-351-04021-0

Die Gans, die Vater Löwenhaupt für den Festtagsbraten gekauft hat, soll bis Weihnachten in einer Kiste im Kartoffelkeller ihr Quartier haben. Die drei Kinder versorgen das Gänschen und taufen es Gustje. Gustje geht es nicht schlecht im Keller. Nur der kleine Peter ist da anderer Meinung. Er besteht darauf, daß Gustje im Kinderzimmer schlafen darf und nimmt sie heimlich mit ins Bett. Kind und Gans sind unzertrennlich, als der Vater Gustje kurz vor Weihnachten in den Gänsehimmel schicken will. Gustje schreit Zeter und Mordio, Mutter weint, Vater erfindet eine üble List. Und wer triumphiert? Die Gans natürlich …

Friedrich Wolfs »Auguste« ist eine der beliebtesten Weihnachtsgeschichten für Groß und Klein. Buchillustrator Willi Glasauer hat sie mit exquisiten Bildern neu in Szene gesetzt.

Für kleine und große Menschen

Aufbau BilderBücher

Lea Wilde

Das Fest der Engel

Eine Weihnachtsgeschichte

123 Seiten. Gebunden
ISBN 3-352-00578-8

Es weihnachtet im Hause Tillmann, und nichts wünschen sich die Kinder sehnlicher als einen Computer. Der Vater verspricht, sich um den Rechner zu kümmern. Doch die Errungenschaft erweist sich als Plage, da Herr Tillmann jede freie Minute vor der Kiste sitzt. Was Mutter Tillmann in ihrem Ärger nicht ahnt: Längst haben drei listige Engel die Familie ins Visier genommen. Sie haben den Auftrag, Weihnachten nach Transsilvanien zu bringen, aber keine Ahnung, wo sie die Geschenke hernehmen sollen – bis sie die Tillmanns zu ihren unwissentlichen Helfern machen …

Bestsellerautorin Lea Wilde (»Männer aus zweiter Hand«) nimmt mit einem großen Augenzwinkern die »schönste Zeit des Jahres«, die Kunst des Schenkens und Beschenktwerdens aufs Korn.

R&L

Rütten & Loening

John B. Keane

Whiskey für den Weihnachtsmann

Irische Weihnachts-geschichten

Aus dem Englischen von Irmhild und Otto Brandstädter

Deutsche Erstausgabe

199 Seiten
Band 1620
ISBN 3-7466-1620-4

Jede Menge Whiskey gibt es für den Weihnachtsmann, wenn er am Heiligen Abend seine Runde macht, und nicht nur für ihn. So manch ein Ire verbringt die Heilige Nacht zusammen mit der Whiskeyflasche. Und so manch einer hatte dabei zu später Stunde Erscheinungen von natürlicher oder übernatürlicher Art, die sein ganzes Leben veränderten. Weihnachtsgeschichten von der Grünen Insel – besinnlich, heiter, skurril und voll unverwüstlicher Lebensfreude.

AtV
Aufbau Taschenbuch Verlag